CB073950

COMO SE ESTIVÉSSEMOS EM PALIMPSESTO DE PUTAS

ELVIRA VIGNA

Como se estivéssemos em palimpsesto de putas

4ª reimpressão

COMPANHIA DAS LETRAS

Copyright © 2016 by Elvira Vigna

Grafia atualizada segundo o Acordo Ortográfico da Língua Portuguesa de 1990, que entrou em vigor no Brasil em 2009.

Capa
Elisa von Randow

Preparação
Márcia Copola

Revisão
Clara Diament
Arlete Sousa

Os personagens e as situações desta obra são reais apenas no universo da ficção; não se referem a pessoas e fatos concretos, e não emitem opinião sobre eles.

Dados Internacionais de Catalogação na Publicação (CIP)
(Câmara Brasileira do Livro, SP, Brasil)

Vigna, Elvira
  Como se estivéssemos em palimpsesto de putas / Elvira Vigna. — 1ª ed. — São Paulo : Companhia das Letras, 2016.

  ISBN 978-85-359-2739-9

  1. Ficção brasileira I. Título.

16-03170   CDD-869.3

Índice para catálogo sistemático:
1. Ficção : Literatura brasileira 869.3

Todos os direitos desta edição reservados à
EDITORA SCHWARCZ S.A.
Rua Bandeira Paulista, 702, cj. 32
04532-002 — São Paulo — SP
Telefone: (11) 3707-3500
www.companhiadasletras.com.br
www.blogdacompanhia.com.br
facebook.com/companhiadasletras
instagram.com/companhiadasletras
twitter.com/cialetras

COMO SE ESTIVÉSSEMOS
EM PALIMPSESTO DE PUTAS

Está escuro e tenho frio nas pernas. No entanto, é verão. Outra vez. Deve ser psicológico. Perna psicológica.

Faço hora, o que pode ser dito de muitos outros momentos da minha vida.

Mas nessa hora que faço, vou contar uma história que não sei bem como é. Não vivi, não vi. Mal ouvi. Mas acho que foi assim mesmo.

(E posso dizer a mesma coisa de outras histórias, dessas que às vezes conto.)

Lola e João.

Acaba de acabar.

Então é isso. Verão outra vez, Rio de Janeiro outra vez, e vou começar.

Pelo casamento.

O casamento.

É o começo mais fácil que consigo arranjar.

Aquele negócio de sempre. Tule, glacê.

E muita emoção aqui para o fotógrafo.

Depois, o que resta é um álbum, a prova tipográfica do convite, uma bala de coco no papel de seda dentro de uma gaveta qualquer. Parece que não tem problema, açúcar é conservante. Dura cem anos sem estragar.

Não durou.

Lola abre a gaveta, olha por uma última vez assim de cima, sem pegar. Aí pega e leva, com a mão mesmo, sem se preocupar em botar tudo num saco, em arranjar algo que cubra aquilo tudo. Pudores, discrição. Não. Pega tudo, tudinho, solto mesmo, e joga na lixeira do prédio. Solto, lá, em queda livre, uuuuuuu, até lá embaixo, suicídios individuais embora no coletivo. De propósito.

Para misturar com casca de laranja, jornal do xixi do cachorro e ninguém ver. Ninguém nunca mais ver.

Antes foi o noivado.

João tem, na época do noivado, um topete com fixador. Isso está documentado. O resto não está documentado. Sei porque me contou. Não tudo. Bem pouco, na verdade. Mas vejo.

Ele, na janela de um ônibus que passa a toda, a janela fechada para não desmanchar o topete. E o risinho disfarçado de quem está completamente feliz. Disfarçado por causa dos outros, claro.

O ônibus corre, João ri. A pressa que dá nos motoristas quando acaba o congestionamento. A pressa que dá em João quando acaba a hesitação.

Então tem o topete. E tem uma ardência na junção das pernas, na dobra dos braços.

"Tu desce no primeiro ponto depois do túnel."

O túnel é muito mais do que túnel de carro, é túnel de mundo.

Tudo brilha na rua depois do túnel e João quase assume a vontade de não entrar. As pessoas, as cores, o barulho, mas a porta ali na frente, exigente. Então entra.

Vazio.

Cara de habitué, uma mesa da qual logo se arrepende, outra muito melhor depois, mas não dá para ficar levantando, trocando de mesa.

No entanto levanta. A bebida é pega no balcão, ele não sabia.

E aí, só para não dar o braço a torcer, volta para a mesma mesa, a ruim, a primeira.

Fica lá.

Não está bom.

Tenta não ficar olhando as coisas, parecer que nunca viu. Então não vê. A garota já podia estar em algum lugar, atrás de alguma coisa, ainda em forma de personagem de história em quadrinhos. Ou pode ter entrado pela porta mesmo, depois dele.

"Você vem muito aqui?"

Duas possibilidades.

A primeira:

"Tio, vou a uma boate de garota de programa em Copacabana e preciso de dinheiro."

E aguentar, até o tio morrer, dez anos depois, o olho esbugalhado fixo nele, o sorriso cheio de uma saliva presa por cada vez menos dentes. E a mão magra, de dedos que se encompridam, crescem, é visível isso, todos os domingos após o almoço, chamando, prendendo João:

"Conta, conta."

E a segunda.

"Você vem muito aqui?"

"Venho. Tou sempre aqui. Mas hoje não vinha. Nem trouxe muito dinheiro."

Aí baixa um filme de fantasia urbana. Se fosse hoje, com muita computação gráfica. João e a garota se reconhecem como ex-aliados de lutas anteriores. Combateram contra o fim do universo, o lá deles, outras vezes.

Sai fumaça do ar-condicionado e isso quer dizer alguma coisa.

A bebida fica azul de repente, como num livro que eles leram, e isso quer dizer alguma coisa.

Ou a garota e João ajeitam o cabelo ao mesmo tempo e isso quer dizer alguma coisa.

Se reconhecem. Se reconhecem em sua forma atual. Sem as antenas.

Riem juntos.

Ou, vistos do lado de fora, são dois idiotas inviáveis que se encontram e nem por coincidência, mas porque são muitos e, por simples estatística, se encontram.

"Nem trouxe muito dinheiro."

"Não faz mal."

A primeira garota de programa da vida de João não cobrou.

Os detalhes.

João salta do Olaria-Copacabana e vai para a Barbarella de onde sai com uma garota de programa que pode não ser uma garota de programa profissional, ele acha. Ela vai com ele para o Fredimio Trotta, que é um edifício de paredes azulejadas logo ali. O Fredimio tem doze andares, cada andar com doze conjugados. Sua entrada é por uma galeria ligando a Prado Júnior à Princesa Isabel. Para entrar no edifício a pessoa passa por três portas gradeadas e três porteiros só acessíveis por berros através das grades que os protegem. Embaixo do edifício há vários bares e boates de garotas de programa e o clima às vezes é meio barra-pesada. São quatro elevadores, mas um sempre está com a placa Em Conservação. Mentira. Não tem conservação alguma. É para economizar energia porque ninguém no edifício aperta um elevador e espera. Apertam todos. Mesmo porque os elevadores demoram muito a chegar.

João e a garota passam pelos três porteiros e sobem até o terceiro andar.

O conjugado da garota é perto dos elevadores.

Entram no conjugado.

Há uma luz de TV para lá do armário. O armário divide o ambiente em dois. Do lado de cá é a sala. Do lado de lá, o quarto. Há luz de TV e há som de TV.

A garota berra por cima do som da TV:

"Tou com um amigo aqui."

Código de:

"Não venham na sala."

João e a garota começam a tirar uma parte da roupa. O mínimo. O que não dá para não tirar. Se encaixam no chão com todo o cuidado para manter cabeças, pernas (as deles e das cadeiras) e cotovelos em seus lugares preestabelecidos, evitando assim os ruídos do inesperado.

Uis e uuuurs.

Os uis oriundos de batidas e maus jeitos, os urs de arrastos dos móveis no chão de ladrilho, uis e uuuurs iguais.

Usam o espacinho que vai da porta de entrada até a mesa. E o batente da quitinete à esquerda. Cabem.

É rápida, a coisa.

Seria rápida de qualquer maneira. João tem problemas em fazer com que dure. Não que me tenha dito. Eu é que acho.

A garota está decepcionada. Ou então ela é assim mesmo, meio deprimida.

João acha.

Na ida até lá, a garota diz que mora com uns parentes, que ela não é do Rio. Veio estudar e trabalha no comércio durante o dia.

Deve ser tudo verdade.

Menos a parte de que mora com uns parentes.

Isso é truque.

* * *

O truque da TV ligada.

A TV ligada é mecanismo de segurança.

A garota sai para a boate e não sabe quem trará para o apartamento. Berra a frase-padrão sempre que entra. Quer dar a impressão de que tem alguém lá dentro. Não tem.

Veio estudar há muitos anos e há muitos anos não estuda. Primeiro estágio desse processo: matrícula trancada. Segundo estágio: matrícula cancelada. Terceiro estágio: abandono de curso. O quarto estágio é a frase-chiclete martelando na cabeça: "Um dia retomo."

Depois, nem a frase. E a mochila vai sendo aos poucos usada para tudo, menos livros.

Pode ser que tenha um emprego mal pago durante o dia. Pode ser que o programa à noite seja só para completar o orçamento. Pode ser que considere o arranjo temporário.

Então, sai.

E vai para a melhor boate das redondezas. Não fica nas que estão no térreo do Fredimio e que são sujas e barulhentas e barra-pesada. Vai para a melhor boate que dá para ir a pé, e que é a Barbarella.

Ela gosta dela mesma.

Ela gosta dela mesma de um jeito assim meio triste. Passa creme no corpo depois do banho, passa bem devagar, aproveita para se fazer um carinho.

João não lembra de ter visto negociações entre a garota e alguém da boate. O que depois ele vai saber não ser possível. As garotas sempre dão uma parte do que ganham para alguém da boate em troca da permissão de ficar por lá.

Então pode mesmo ser que a garota do Fredimio não seja uma garota de programa profissional.

João não sabe.

Também acha estranha a minha ideia de que ela gosta dela mesma.

João não sabe de muitas coisas.

João me conta sobre a garota do Fredimio e as outras e, ao terminar, às vezes fala:

"Porque tem dessas coisas, sabe."

Nunca conseguiu dizer que coisas eram essas. Mas balança a cabeça, concordando com ele mesmo.

Também balanço a cabeça.

Concordo com o que ele não diz.

Concordo que há coisas que podem ser encontradas nos programas com garotas de programa. Essas coisas, então, que ele acha que existem e que quer encontrar, são o motivo de ele perder o olhar na janela fechada do escritório em Botafogo. Um lugar onde eu e ele ficamos nos fins de tarde, onde ele me conta o que conta, tantas vezes, e que é um lugar que não é dele nem nunca será. Nem meu. Nós dois lá, iguais, perdidos, iguais. Tantas vezes.

A garota, perdida, igual.

Acho que a garota, essa do Fredimio, vai à Barbarella todas as noites, a pé, com os olhos no ar de quem gosta dela mesma de um jeito meio triste.

Quem sabe ela irá conhecer alguém diferente nessa noite.

Então, se arruma e vai. Não fica nas boates mais vagabundas, com homens piores, e que são as boates do Fredimio.

Vai.

Encontra João. Ele tem um topete. Ele não tem dinheiro. Ele tem os olhos esbugalhados de quem acha esse mundo muito estranho.

Ela acredita nele, quando ele diz que não tem dinheiro. Ela também acredita que esse mundo é muito estranho.

Ele, por sua vez, acredita que ela é uma garota especial e não uma profissional fria e calculista. Como prova disso, ressalta ele para ele mesmo, há o fato de que ela topa trepar sem fazer questão do dinheiro.

Tanto um quanto outro viveriam a seguinte situação, sem hesitar um segundo, achando tudo normal:

Um deles:

"Agora vamos ficar bem juntinhos embaixo desse orelhão que não é um orelhão, mas um teletransportador que nos levará num raio luminoso para um mundo melhor."

O outro:

"Sim! Sim!"

Fatos.

João põe a cueca, sobe a calça. A garota se arruma. A cena tem a luz da TV unindo-os no mesmo cinza irreal (a TV é em preto e branco nessa época). A cena tem também o som da TV unindo-os em uma língua também irreal, o inglês que ambos desconhecem.

Não são mais alienígenas, que é como eles se sentem todos os dias. São locais. E assustados. Tudo em volta deles é que é de outro mundo. Desconhecido.

João compra uma camisinha, antes.

Um dia antes.

Em uma farmácia longe de casa.

Já imaginou?
"Oi, João. O que vai ser?"
"Uma camisinha tamanho médio, por favor. Duas! Duas!"
Então, a cena é ele e a garota, ambos em cinza. O som ambiente é uma língua irreal, a luz idem. E num cantinho do chão tem um objeto molhado que deve ser muito importante. Porque João primeiro deixa aquilo por ali, guardado no cantinho, por ser importante e secreto. Mas depois se arrepende e pega de volta.

A garota se apressa em buscar a toalha de papel da quitinete. João enrola a camisinha. Não vê lata de lixo por perto, fica segurando. A garota estende a mão para pegar, ele diz que não precisa.

"Eu jogo no lixo da rua."

Riem um para o outro, encabulados.

A garota abre a porta do apartamento sem fazer barulho, se encosta no batente. João aperta o botão de todos os elevadores. Ficam esperando. Um tempão. Os elevadores demoram muito a chegar. Devem vir de alguma estação orbital no último andar, o quinquagésimo oitavo da torre de vidro e aço, muito longe de onde João está, que é no terceiro andar do Fredimio, segurando bem apertado uma camisinha usada enrolada numa folha de toalha de papel.

João e a garota, os únicos sobreviventes de uma vida extinta, possível há milênios e não mais, se sentem muito próximos, como só sobreviventes se sentem.

Estão fisicamente próximos, inclusive, ali no batente.

João sabe que é vital para a salvação do mundo que ele dê alguma coisa à garota.

Chega mesmo a fazer um movimento brusco com a mão livre, a que não segura a camisinha usada, em direção à carteira no bolso de trás. O que tiver lá é dela, decide.

Mas interrompe o gesto.

São doze apartamentos, doze olhos mágicos. Certo, onze. A garota pode se sentir mal de os vizinhos perceberem uma transação de dinheiro no corredor tão comprido que some em uma névoa esverdeada.

João tem também uma bala de hortelã. Tinha duas, uma ele meteu na boca a dois passos da Barbarella. Mas dar uma bala de hortelã para a garota parece música da MPB e ele tem horror da MPB.

João tem também o canivetinho suíço do chaveiro.

(Teve esse canivetinho a vida toda.)

Mas João adora o canivetinho.

O elevador não chega.

Aí é um desses momentos. João beija a garota. Beijão. Segura ela atrás do pescoço e beija. Beijão real. Sentido. Como de cinema. Depois se olham olhos nos olhos. A garota sorri. Ela gostou.

O elevador chega.

Sorriem mais um para o outro e somem para todo o sempre.

Rodrigo é viado. Um coração, e uma flecha que indica que o coração é todo da Arlete. E é proibido fumar.

É outro elevador, diferente do da chegada. No da chegada, Rodrigo também era viado, mas diferente um pouco. E em vez de coração, tinha um Cu com C em maiúscula e com acento no U, um erro gramatical de todas as épocas.

Mas também anda, esse, embora igualmente devagar.

E chega.

No térreo, o mundo-aquele, o que já existia. Esse. Três porteiros invisíveis abrem as três portas com três estalidos de metal, agora em tom decrescente. Bim, bom, bum. A galeria. A rua.

Cores, pessoas, buzinas. João ainda fica parado, olhando em torno, como que perdido, ou melhor, perdido mesmo, antes de ir para o ponto do ônibus.

Incrível um edifício ter três porteiros em três portas de metal trancadas, para deixar entrar uma garota de programa e seu acompanhante desconhecido sem problema algum.
E que depois sai, também sem problema algum.
Ele acha isso um absurdo.

Lola acha legal.
Ela gosta dessas noites em que João vai estudar com colegas da faculdade. Não diz, mas gosta. Dá para ficar com creme no corpo por bastante tempo, quase sem se mover, antes de pôr a camisola. Precisa. Cloro faz mal à pele.
Vai acabar, esse problema. Iria de qualquer modo. Nado sincronizado tem limite de idade. Mas, antes mesmo de o limite de idade ser problema, há outro: a equipe de Lola é juvenil e não admite atletas casadas.
"Vai terminar o ensino médio antes!"
Voz grossa, entonação peremptória. Peremptória, a palavra que define o protagonista da peça O Bom Pai.
Já qualquer pai que fosse medianamente bom lutaria por uma faculdade e por um pouco mais de idade. Mas são quatro mulheres, Lola é a segunda. Menos uma.
De noite, na sua caminha, camisola já vestida e luz apagada, Lola olha o teto. À sua direita, outra caminha, vazia, a da mais velha. A que divide o quarto com ela, a que briga por qualquer coisa, a que tem mais espaço no armário. E que é também a que sai às sextas e sábados.
"Vai onde?"
"Sair."
"Onde?"
"Ai, pai, não enche."
A que tem peito grande.

Lola olha o teto. Uns ensaios com João no banheiro quando estão sozinhos na casa não indicam nada muito promissor, mas Lola acha que depois melhora.

Todo mundo diz que depois melhora.

Depois não melhora.
O que fica na minha cabeça não é João nem Lola.
É a garota do Fredimio.
Acho que a garota continua a fazer o que faz com João (levar o cara para um apartamento vazio onde trepa porque trepa, sem cobrar) ainda por muitos anos. Não sempre. Não com todos. Mas de vez em quando.

Volta de um trabalho mal pago, toma um banho demorado, põe uma roupinha que ela acha legal e vai, os saltos altos mal equilibrados nos buracos do calçamento da Prado Júnior. Pega um cara. Vai para o hotel puteiro que tem ao lado, na Princesa Isabel. Recebe o dinheiro.

E, de vez em quando, leva o cara para o apartamento dela no Fredimio. Faz isso sempre que o cara parece ser daqueles que ficam embaixo de orelhões, encostados em muros, sentados em cantos de sarjeta, esperando raios luminosos que passam em direção a um mundo melhor. Faz isso por vários anos.

Às vezes treina sozinha, no espelho.
"Tou com um amigo aqui."
Fala alto, o que ela mesma acha estranho, a voz dela, ali, no apartamento em que não se escuta a voz de ninguém ao vivo. Ninguém que não esteja na TV.

Repete, dessa vez em tom menor:
"Tou com um amigo aqui."
Tem medo de que, com a repetição a cada cara que entra, a frase saia com a entonação errada e o cara perceba que é men-

tira. Que ela é só uma boba que diz isso assim, para o ar, quando entra no apartamento, porque tem um pouco de medo, tantas histórias. Que a frase é só para que ele, o cara, não faça nada de muito estúpido porque tem gente logo ali depois do armário, gente para protegê-la.

Um tio. Uma amiga. Um dobermann muito feroz viciado em televisão.

"Isca!"

E ele mata qualquer um.

Nunca acontece nada de muito ruim com a garota.

Com o tempo, traz cada vez menos caras para o apartamento. Encontra cada vez menos caras parecendo ser do jeito certo, com o olhar perdido que é o certo. Às vezes fica na dúvida, ainda sentada na mesa da boate, hesitando, e resolve que não.

Aí, quando volta já de madrugada para o apartamento vazio, a TV inútil ligada com o mesmo som igual, sempre igual, sempre, ela toma outro banho, come uma coisa, escova os dentes e vai deitar. E fica olhando a luz preto e branco se mexendo, presa na tela, e que é a única luz. Aí, aos poucos, o mundo surge. Esse mundo, esse daqui, o que não é bom. O colorido. O da janela.

E ela se levanta.

Muita cor.

Também bem fácil, essa parte.

O mesmo negócio de sempre.

Tudo combina, nessas casas novas de recém-casados. Tudo é do bom. Pior: há uma noção de que existe um tudo, uma totalidade, e que esse tudo está dentro da casa nova. Isso é o mais engraçado. Ou triste.

É João quem fez questão.

Lola senta no sofá novo da sala nova, um ar meio perplexo.

Cortinas, tapetes, toalhinhas. Vasos de cristal, ganhos de presente, em cima das toalhinhas que, por sua vez, estão em cima de móveis. Sim, em cima dos tapetes.

Dentro dos armários, conjuntos completos de pratos: raso, de sopa, travessas, sobremesa. Talheres também completos: faca grande, faca pequena, garfo grande, garfo pequeno, colher grande, colher pequena, colher muito pequena, colher muito grande. E a de salada, que é enorme. E os copos. Tudo completo. Uma completude. Tudo absolutamente completo. Não falta nada na casa.

Compraram um quadro. O quadro é uma composição geométrica em cores que se modificam aos poucos. Não representa nada, é só isso mesmo, uma coisa geométrica, previsível, colorida. Escolha de João.

Lola nunca pensou que alguém comprasse um quadro. Quadro é coisa que se emoldura quando se gosta de uma imagem.

Lola fica sentada no sofá. Estofado.

"Mas e se sujar?"

"Existe estofador pra isso mesmo, pra reestofar sofá."

Ela não tem muito que fazer.

Depois de muitos meses no sofá, João iniciando suas viagens pela firma, ela fala, o coração aos pulos, que está com vontade de fazer um cursinho de corretagem de imóveis. Soube de um.

João ri.

"Corretora?!"

Ela baixa os olhos, cora.

"Não sei se vou gostar."

Vai adorar.

Como dizer que fica vendo as casas, os apartamentos dos

amigos e conhecidos, e isso desde criança, sempre pensando como seria se, como ficaria bom com. E que aqui poderia isso, ali aquilo. E como seria viver nessa rua, acolá, naquela. Em qualquer lugar que não fosse o lugar onde ela mora.

Então, achou, mais valeria vender para outros viverem o que ela imaginava que podia ser vivido e que ela não vivia.

João concordou. Não que soubesse de tudo isso, que era isso. Que Lola era assim.

Mas, sim, claro, uma coisa para ela fazer. Olharia menos para a cara dele quando ele chegasse em casa, do trabalho ou das viagens, como se esperando algo que ele não tinha ideia do que fosse, os olhos seguindo colados nele.

Lola começa o curso de corretagem de imóveis.

Nos telefonemas com João, conta pouco, avara. Só dela, o bom. Só para ela, esse bom. São quase mentiras:

"Ah, meio chato, hoje. A parte da legalização, sabe."

E, no silêncio do não dito, a felicidade em sair para o curso, o professor, os colegas, o café e as risadas depois da aula.

"E você? Que tal Brasília?"

"Ainda não saí do hotel. Deve ser chata também."

Brasília não pode ser tão chata.

João desliga o telefone e sai do hotel.

Começa a ter esse hábito. Liga para Lola quando chega.

"Tudo bem?"

Tudo sempre bem.

"Boa noite, então."

E sai.

Em Brasília demora mais a ligar. Já chegou faz um tempo. Mas olha o céu da cidade. Um céu que resiste a deixar o sol ir embora, prende o sol em bolhas cafajestes de rosa, amarelo. João acha que o céu tem razão. A noite deve ser chatíssima em Brasília.

Então, fica sentado na colcha da cama, olhando a janela e o estacionamento que é o que dá para ver da janela e onde tem um poste de iluminação que parece que cai.

Não cai. São as nuvens que passam. Mas se a pessoa olha as nuvens como se elas estivessem imóveis, quem se move é poste. Para trás, caindo.

Até que some. Somem.

Outras luzes. As dos carros, de outros postes, dos edifícios muito longe.

Então, vencido, telefona.

"Tudo bem?"

Estava tudo bem.

E ele sai.

É o Saint Paul.

Há esse hall feito para faraós. O faraó, seus auxiliares, escravos, esposas, ministros e mais as bagagens. É enorme.

João torna a atravessar o hall que já havia atravessado na chegada. Dessa vez em direção à porta, ao escuro, ao fora, ao sem ninguém da cidade. Não sabe onde ir. Não tem a quem perguntar. Não conhece quase ninguém ainda, na firma. E mesmo se conhecesse. Até prefere assim, sem perguntar, sem iniciar papinhos. Só vai.

Não tem calçada. Vai tenteando um caminho de terra, matinhos que margeiam a avenida. Nem avenida. Um campo minado onde as minas são os carros.

Nem tantos.

Hiperdimensionadas, as avenidas. Como os halls. Mas há um sinal, de trânsito ou nave espacial, o verde-amarelo-vermelho alternando ao longe na escuridão, e é para lá que João vai.

Porque o cara da recepção disse que do lado de lá é a quadra comercial. E comercial soa bom, na falta de maiores especificidades.

Anda, anda. Espera, espera. Atravessa.

Não tem mais o topete.

Tentou bigode por uns tempos. Ficou igual ao pai da Lola. Depois foi um cavanhaque, mas informaram discretamente que a firma não via pelos faciais com bons olhos.

Raspa.

Mas curte uns pelos. Outros.

Vai ter pelos.

Mas antes, um bauru e uma mini-saia.

Depois será como barraca de feira livre. Mamão, peixe, olha a banana. Acampamento militar, botas do lado de fora.

Uma armação de cilindros de alumínio com um plástico azul, grosso, jogado por cima e preso com cordinhas nas pontas.

Mas isso é lá dentro e depois.

Antes tem um bauru e a mini-saia. Mais de uma.

É como se escreve, na época.

Hoje seria minissaia, mas é long-neck.

Daria um estudo sociolinguístico. A vitória fake do feminismo a impedir que a cerveja gordinha e baixinha seja chamada de minissaia. E a long-neck a indicar caracterização mais elegante, modiglianesca, embora com algo de abelhuda, de quem inclina seu longo pescoço para além do espaço previamente demarcado do feminino. Porque o espaço continua sendo previamente demarcado.

* * *

Mas é mini-saia.

João atravessa a avenida, a quadra comercial, o cheiro do supermercado que chega antes da imagem do supermercado. A visão do supermercado. Chinfrim, barato, com cheiro de supermercado chinfrim e barato. E mais o barulho. Carrinhos de compras, quebrados, rodinhas emperradas, enferrujados e sujos, jogados com força uns nas costas dos outros, para que se acavalem, se alinhem em um simulacro de ordem.

Está quase fechando.

Então tem também a pressa de mulheres e homens que saem, exaustos, depois de um dia inteiro de trabalho, com as compras necessárias, rumo à escuridão. São heróis, dando os passos que faltam para a linha de chegada sabendo que estão sempre em último lugar. Uma corrida olímpica que acontece todos os dias em direção à linha de chegada. E a linha de chegada é uma bandeja de comida em frente à TV.

"Oi."

"Oi."

Nem mais se olham.

Ninguém sabe.

Mas há pessoas que são substituídas por outras, que pegam as mesmas bandejas que já estavam lá, mas são outras pessoas. E ninguém nota.

Ninguém olha de repente para quem segura a bandeja ao lado e pergunta:

"Quem é você?"

Até porque tanto faz a resposta a essa pergunta que ninguém faz.

* * *

O cara chega perto e nem faz a pergunta.
Só fica perto, parado, e João diz:
"Um bauru e uma mini-saia."
Com cara de freguês assíduo e exigente. E para deixar isso bem claro:
"Bem passado."
"Hein?"
"O queijo, bem passado."
Ao lado, o supermercado que quase fecha, que se arruma com o estardalhaço de carrinhos de bruços, de lixos desovados na calçada.
O bar fica ao lado do supermercado, entre os dois uma passagem. É a entrada de uma galeria comercial, o supermercado de um lado, o bar de outro e, dentro, lojas já também quase todas fechadas. Uma loteria resiste. Está certo. Se fecha, a sorte, se a sorte fecha, é grave. Então resiste. É o tipo da coisa que resiste.
Um bauru e uma mini-saia e depois outra mini-saia, para ganhar um tempo, para pensar.
Ele, lá. E o que é o lá? João olha em torno.
Dentro da galeria, um cara sentado num banquinho em frente a uma porta entreaberta. Há uma luz que vem da porta entreaberta. O cara fala coisas inaudíveis para os poucos que passam indo embora, saindo das lojas que fecham. João pega a terceira mini-saia. Vai.
Passa ele também pelo cara sentado no banquinho. Passa devagar, curioso.
Se João quer dar uma olhada nas meninas.
João quer.
E aí, é como se João entrasse em qualquer antessala de

advocacia trabalhista, despachante do Detran, empresa de administração de imóveis, posto avançado da procuradoria do Departamento de Água e Esgoto. Papa-fila para emissão de passaporte. Dentista.

Porque, dentro da porta, tem um sofá, uma mesinha de centro, uma poltrona e uma luz fluorescente com defeito, piscando.

E uma segunda porta, escrito Reservado.

A Reservado está tão entreaberta quanto a da entrada, mas nela, nem vestígio de luz. Um breu. E é de lá que sai a garota.

"Oi."

Gordinha, unhas pintadas de vermelho vivo e um decote bom, mas não muito diferente do decote de qualquer secretária mais descolada, mais segura de si.

O doutor Siqueira vai atendê-lo agora, por aqui, por favor.

"Você vem muito aqui?"

João tem um sobressalto.

"Onde?"

A garota fica um pouco desconcertada.

"Brasília."

Então pronto. Resolvido o problema. Brasília é o nada preto que fica para lá de uma porta escrito Reservado.

As negociações necessárias se dão no sofá da antessala e os dois atravessam a Reservado.

Lá dentro, João consegue ver, ou desenhar com o olho, algumas linhas.

Parecem barracas de feira livre. Mamão, peixe, olha a banana.

Ou acampamento militar, as botas do lado de fora.

É uma armação de cilindros de alumínio com um plástico azul, grosso, jogado por cima, cordinhas prendendo as pontas e formando o que João acha que são quatro cubículos iguais. Em uma sala grande.

Dois cubículos para lá, dois para cá.

"Eram dois pra lá, dois pra cá, eu acho."
Eu rio.
"A tua mão no pescoço, as tuas costas macias, por quanto tempo rondaram as minhas noites vazias."
João ri também e começa a cantar junto, e cantamos juntos até o fim, alto, aos berros mesmo, foda-se a Sarita. E depois rimos mais, lágrimas escorrendo que fingimos ser lágrimas de tanto rir.
E eu hoje me embriagando de uísque com guaraná ouvi tua voz sussurrando: são dois pra lá, dois pra cá, João.

Um dos dois dos de lá.
João entra em um dos cubículos, afastando uma aba do plástico azul que, essa, não está presa em nada, descendo solta da estrutura de alumínio. É uma abertura à guisa de porta. Os cubículos não têm propriamente porta. Não têm teto e também não têm paredes. O que seriam as divisões entre eles é o mesmo plástico azul meio solto, meio preso, que pousa no chão, mas não muito. Então não é o caso de se encostar em nada porque a pessoa pode acabar encostando, sem querer, em alguém que está fazendo a mesma coisa no cubículo ao lado.
A garota diz para João deixar os sapatos do lado de fora.
João acha, num primeiro momento, que sapatos do lado de fora são uma preocupação com higiene. Depois percebe que é uma maneira, talvez a única, além da auditiva, a indicar que o cubículo em questão está ocupado.
Dentro, um colchão no chão.
O colchão está com um lençol esticado e há um pequeno degrau no lençol esticado, a indicar um emborrachado por baixo,

uma proteção para o colchão, patrimônio do estabelecimento a ser preservado. Ainda não existe lençol com elástico. Esse está preso, então, por pressão do próprio colchão e quaisquer movimentos entusiasmados irão tirá-lo do lugar.

Não há movimentos entusiasmados.

Não da parte de João. Não dessa vez. Nem de outras.

Além do colchão, um banquinho que João, num primeiro momento, não sabe para que serve. A garota ensina sem falar, apenas se despe e põe a roupa, dobrada e em ordem, em cima do banquinho.

Atrás do banquinho, uma lata de lixo, atrás da lata de lixo, um rolo de papel higiênico.

A garota fica deitada no colchão, os joelhos dobrados, esperando João. No escuro do ambiente, o ponto focal, o farol, é a escuridão ainda maior dos seus pelos.

João se enrola. Tenta tirar a roupa o mais rápido possível. Tem problema com uma meia. Acaba jogando a meia por ali.

É rápida, a coisa, dessa vez também.

E mais uma vez por bom motivo. João acha que não há mais ninguém na sala grande.

Mas certeza, ele não tem.

João conta o que conta, nesse e nos outros dias. E fala mais do que está em torno do programa com as garotas de programa do que do programa em si.

Nesse episódio, são duas as coisas que mais o ocupam.

Primeiro, é a mini-saia, a merecer mais detalhes do que sua visita ao farol mais escuro que o escuro.

Porque João passa pelo cara sentado no banquinho segurando a terceira mini-saia, abandonada depois na mesinha da antes-

sala onde ele esperou pela garota. Só que, ao sair do cubículo, programa terminado, há uma mini-saia perto da porta Reservado.
Do lado de dentro da porta Reservado.
Como se alguém tivesse sentado no chão do lado de dentro da porta Reservado, e tomado o resto da mini-saia de João.
João tem certeza de que, ao entrar, não havia mini-saia alguma do lado de dentro da porta Reservado. Pior, na saída, ao passar outra vez pela antessala, rumo à galeria, à rua, à imensidão escura de Brasília, a mini-saia de João não está mais em cima da mesinha.
Várias hipóteses.

A hipótese do padrão de qualidade.
São duas mini-saias. Um funcionário é responsável por recolher mini-saias abandonadas na antessala. Outro cliente senta no chão, do lado de dentro da porta Reservado, e deixa lá sua mini-saia, ainda não recolhida na hora em que João sai do cubículo. Um descuido que não mais se repetirá dentro do padrão de qualidade do estabelecimento.

A hipótese do bigode.
É de fato a mesma mini-saia que João deixa na mesa da antessala. E quem termina ela é o cara do banquinho que fecha a porta do estabelecimento assim que João entra. Aquilo não é um prostíbulo. É um imóvel particular de propriedade de um ex-político milionário, cujo único prazer na vida é ficar olhando outras pessoas fazerem sexo em situações pouco confortáveis. Ninguém mais reconhece esse político quando ele fica sentado no banquinho, disfarçado de porteiro, chamando os incautos que

passam na galeria. No entanto, a cara dele já foi muito famosa e seus bigodes enfeitaram muitos jornais da época.

A hipótese do estudante da pós.
João é parte involuntária em uma pesquisa de campo.
O local é uma repartição pública. Um instituto de ciências sociais ligado à UnB. Assim que alguém entra, um estudante da pós entra em seguida, tentando não fazer barulho, com um bloquinho de anotações.
Ainda não existe ipad.
O estudante da pós senta no chão e começa a preencher uma planilha.
Ainda não existe Excel.
Anota coisas como duração das etapas preliminares necessárias à finalização do ato, existência ou não de etapas não necessárias mas possíveis.
E a cor da meia.
Porque João acaba o programa e vai embora sem a meia. Perde a meia porque não quer ficar ocupado com uma reles meia, tanto na hora em que a garota já está pelada e esperando por ele quanto depois, já vestida e outra vez esperando por ele. Ambas as vezes com cara de saco.
Na saída, há mais um fator para a pressa de João. Ele está com medo. Acha que se meteu em uma enrascada, que estão filmando tudo pelo não teto do cubículo e que vão achacá-lo assim que sair dali, ainda na galeria mesmo.
"Mil pratas pra tua bunda não ir pelo correio, registrada, pra todo mundo que você conhece."
Ainda não tem YouTube.
Mas não é isso.
As meias abandonadas são recolhidas, com pinças e luvas, e

colocadas em envelopes de plástico para análise posterior, no setor Arquivo De Pesquisa De Campo. Fichas com fotos das meias podem ser consultadas de forma mais prática, através do anexo III, intitulado Meias.

E o estudante da pós bebe um golinho da sua mini-saia entre uma anotação e outra.

A hipótese de furto.

Ou pode ser que alguém no cubículo ao lado tenha metido a mão por baixo do plástico e pegado a meia do João.

Fazem isso sempre. Durante o dia aquilo é um bazar de bricabraque. Usam as meias na fabricação de colchas artesanais. Ficam lindas.

As hipóteses acima são todas minhas.

Porque João fala um pouco da mini-saia, quase nada da garota gordinha, e depois emenda um de seus assuntos favoritos, nesse dia e em outros, e que é a maravilha que ele é.

João é uma maravilha, segundo ele mesmo, porque busca, para a vida dele, experiências interessantes e transgressoras, como essa de Brasília.

Ele fala, eu fujo. Resisto.

Volto para minhas hipóteses inventadas. Eu também sou uma maravilha.

A possibilidade de aquilo ser de fato uma repartição pública é a que mais me encanta.

Até as seis da tarde, a sala que fica depois da porta Reservado tem várias mesas, cadeiras que se arrastam, telefones. E funcionários que falam nos telefones, sentam nas cadeiras, põem papéis em cima das mesas. Os papéis são carimbados e passam de mesa em mesa, em looping, o dia todo. Cantam Escravos De Jó.

Jogam caxangá.

Há uma garrafa térmica perto do banheiro, ventiladores grandes e barulhentos.

Às seis, eles encostam todas as mesas no fundo, invisíveis para quem entra. No local, permanecem uma ou duas funcionárias mais jeitosinhas e um cara para servir de porteiro. O resto vai embora.

No fim da madrugada, as duas funcionárias e o cara dividem o lucro dos programas e tornam a pôr tudo no lugar. Separam um tanto para uma caixinha geral. É que, no dia seguinte, quem fez plantão à noite pode chegar atrasado porque os colegas cobrem o atraso, batendo o cartão de ponto na hora certinha.

Fazem isso há muito tempo.

Quando gente nova é designada para o posto dão um jeito de expulsar. Quando alguém está prestes a ser promovido faz uma besteira qualquer para não ser. Estão bem assim. Tudo bem. Às vezes o serviço atrasa um pouco, mas atrasa em tudo que é lugar, então ninguém nota.

João se refere a esse local de Brasília como uma sauna pobre típica.

Não resisto.

"Você sabe, né, sauna só gay. Não existe sauna hétero. Aliás, nem lésbica."

"Ahn..."

"Você tem certeza de que a garota gordinha deitou no colchão virada de frente pra você?"

"Hahaha."

Nem sauna, nem pobre, nem típica.

Típica, João não pode dizer que é, porque se trata da primeira.

Pobre, mais ou menos. O que é pobre, né, dentro de uma galeria comercial com supermercado chinfrim na porta em quadra pouco nobre de Brasília ao lado de bar que vende bauru.

E sauna, então, não era mesmo.

"Não, era sim."

No fim da sala grande, atrás da armação de metal com o plástico azul, João acha que viu uma porta em que está escrito Sauna.

"Tinha sim."

E logo ao lado da porta Sauna, outro cartazinho:

Desativada. Horário de tal hora a tal hora (e estaria fora do horário). Em manutenção. Uso exclusivo de funcionários.

Ou qualquer outra coisa. Ele acha.

E o nome Sauna dessa porta, que João guardou no subconsciente, e que provoca o título de Sauna tantos anos depois, durante nossa conversa, é uma brincadeira dos funcionários da repartição, porque o banheiro não recebe as benesses do ar-condicionado instalado na sala grande.

"Então batizam o banheiro de sauna. É isso."

"Não eram ventiladores grandes e barulhentos?"

"Ar-condicionado. Ar-condicionado."

"Tá faltando alguma coisa aí."

Era Lola.

João tinha acabado de se casar, entrar na firma. Brasília é uma de suas primeiras viagens a trabalho. Depois ele voltará muitas vezes. Algumas delas com Lola, a passeio. Emendando um fim de semana depois de uma estada dele a trabalho. Ou mesmo uma viagem exclusiva, com ela. Para que conheça a cidade, para que passe uns dias em Caldas Novas, ali perto. Nas piscinas térmicas de Caldas Novas. Uma referência afetiva aos tempos de piscina olímpica, do nado sincronizado.

Se hospedam no Saint Paul.

Acho que Lola tentará lembrar dela atravessando o hall do Saint Paul, a avenida. Talvez passando, braço dado com João, em frente à mesma galeria, agora diferente um pouco, mas não muito. João viraria nessa hora o olhar para dentro da galeria como qualquer um que passe em frente a uma galeria pode virar o rosto para olhar o que tem dentro e depois seguir em frente, passeando, ela falando uma besteira qualquer, contando um caso qualquer, e ele sorrindo, fingindo uma atenção. E Lola não notaria nada.

E ela pode mesmo ter falado:

"Vamos sentar aqui e comer uma coisinha?"

E ele pode ter dito que não, que catariam um lugar melhor. Ou pode ter dito que sim, ela lá, a boca cheia com o bauru, falando, falando mais, olhando em volta, e ele lá, neutro, sorrindo de volta para ela, neutro, não lá, não naquele dia, lá, com Lola, mas lá em outro dia, no dia da sauna pobre típica, Lola sendo um nada que fala e para quem ele precisa sorrir de vez em quando.

Lola tentará lembrar.

Mas não sabe como foi, o que fazia e com que roupa estava, ao atravessar o hall dos faraós, e como estava João a seu lado, se estavam de mãos dadas como às vezes ficavam. E não lembra de fato se comeu algum bauru em um bar qualquer na entrada de uma galeria qualquer, com João ao lado, olhando para todos os cantos, menos para a cara dela, que era como ele sempre fazia.

E Lola fica com vergonha. Da fala boba dela, da risada, do bauru. Fica com vergonha de estar lá sem saber onde estava, como uma idiota.

Ela também tentará lembrar como estava, o que estava fazendo, na hora mesma em que João se mete no cubículo disso que ele chama de sauna pobre típica.

Tinham se casado há pouquíssimo tempo, nesse dia.

No apartamento vazio, arrumado, Lola acha que as coisas estão boas afinal. O curso de corretagem uma ideia que ainda não tinha surgido. Mas mesmo assim.

Lola costuma tomar banho para esperar o telefonema de João. Não sabe por quê. Mas gosta de falar com ele, ele nas viagens dele, ela na cama, de banho tomado. E depois do telefonema, gosta de ficar lá, no escuro, o olho aberto, falando outra vez para ela mesma que as coisas estão boas afinal.

Deve ter sido assim.

É como acho que deve ter sido, para Lola, quando João fala com ela o que já havia falado comigo, num trailer, um ensaio. Não tenho certeza de que essa conversa com Lola tenha de fato havido. Acho que sim. Acho que pode ser que sequer seja uma conversa, como não o foi comigo. João apenas fala, Lola lá, como eu, antes, nós duas na função de orelha e de, deseja ele, concordâncias com a cabeça.

É em Lola que penso.

Em como ela fica, ou não fica, nessa vida que João considera ser dele por direito (e é) e que ele considera ser melhor do que muitas (e é) porque ele não se impede, não obedece regras, porque ele é um fodão.

Não é.

Nem ele nem os colegas do seu ex-trabalho com quem viaja.

Ou melhor, é.

Mas o grupo dos fodões inclui mais gente. Lola, por exemplo. Mas para saber disso, ele teria de ter olhado para o lado e nunca olhou.

E mais um problema. Devia ter escolhido. Não mentido para ele mesmo. E para Lola. Mas escolhido. Isso é o que ele queria? Vivesse, então, o isso.

E mais um problema. Como tudo nessa vida, há uma ida e há a volta.

E mais um problema.
Tudo muda nessa vida.
João sai dos hotéis, com ou sem os colegas, e vai para os programas com as garotas de programa.

Aos poucos, o programa, por ser sempre o mesmo, muda.

E quando me conta, o próprio contar aos poucos também muda.

No fim, é esse o assunto daquilo que conta. Essa mudança.

A ida até as boates e puteiros, até as garotas de programa, começa aos poucos a não ser uma viagem para um mundo melhor, um raio de luz para outra realidade, tão mais legal. Só na cabeça dele ainda se mantém, e com dificuldade, a ideia de que é possível ir e ir e ir. E não voltar.

Ainda tenta.

Faz a cena de deixar a roupa no cabide de um hotel vagabundo, ele virando outro, um personagem dele mesmo, quando nu. De, na saída, se convencer de que o mundo não está lá, esperando por ele, igual. De a garota, nua, ser a entrada para outro mundo, e dele ser a decisão para que mundos aconteçam.

Peremptória.

Outra vez, a palavra. Muda o personagem.

João é que decide.

Tenta um peremptória. Nem sempre dá certo.

* * *

Não conhece Courbet.

Não conhecem, nenhum deles. Nunca ouviram falar. Não viram, nem ele nem os colegas dele, nunca, uma reprodução de "A origem do mundo". Intuem que há um mundo. Um outro mundo. Que tem de haver algo melhor que se inicia ali. Ou que é possível começar tudo outra vez, dar origem a um mundo por ali. Na buceta. Não se pode criticá-los. Courbet também achava.

E, como eles, também achava que, tendo buceta, pensar em pernas, braços e cabeça, ou seja, em uma mulher completa, seria esforço excessivo.

João quer essa outra coisa. Outra vida. Outro escritório onde, no entanto, nos encontramos, dia após dia, e onde nos falamos, sempre igual. E de onde, ao sair, nos dizemos:

"Até amanhã."

"Até amanhã."

Quer outra coisa. Outro mundo.

E é engraçado, porque nunca ocorreu a ele inventar, ele mesmo, para ele mesmo, uma vida fictícia por cima daquela que ele tinha.

"Oi, meu nome é Joe Grassland (Prado), muito prazer."

Grassland, dito com a mesma naturalidade com que aceita, jogados em cima dele, os nomes Tábata, Shirley, Verônica. Agatha.

Ficções de parte a parte.

Talvez não o fizesse porque para ele não tenha sentido. O que ele acha bom é ser ele mesmo, João, sendo outro. Ele, só que diferente, sendo esse ele-diferente o verdadeiro ele. O verdadeiro João. Justamente.

Nas nossas conversas também não espera por ficções da minha parte. Nas nossas conversas ou no que chamo, na falta de melhor palavra, de conversas, sou um par de orelhas. Não existo, de fato.

Podia dizer a ele que me chamo de algum outro nome que não o meu e ele acreditaria.

Ou seria eu a acreditar.

E balançaríamos a cabeça em concordância mútua, um na frente do outro, nossos dois nomes, outros.

E dispensaríamos o muito prazer.

João na minha frente.

João está na minha frente e eu olho para a ponta dos pés. Nessa época uso botas. E tenho algumas rotas de fuga para tirar João da minha frente.

Uma é o vértice de linhas inclinadas que apontam para um dos dois únicos pontos em branco do ambiente. Uma junção de duas paredes e o teto.

Outra é a amarelinha de eneidas.

Aos poucos, com o passar dos dias, começo a ler as lombadas dos livros em que ele nunca mexeu, os livros sendo limpos pelo serviço de limpeza da editora e, nunca, nenhum tirado de seu lugar por ninguém. Aos poucos, em vez das linhas inclinadas do meu branco particular, o do teto, vou experimentando as linhas, retas mas não muito, das lombadas nas estantes. Lembro de um dos títulos, porque se repetia. Fazia o que me pareceu ser um jogo de amarelinha.

Eram três e eram eneidas.

Aquela, a do Virgílio.

Nem tanto de Virgílio. Justamente.

Um virgílio que sumia.

Tinha a Eneida de Virgílio, de encadernação em couro verde-musgo e letras douradas, ao lado de um Jean-Paul Sartre vagabundo, com capa colorida e título em letra tão pequena que não dava para saber, de onde eu estava, qual era. Esse Sartre deve ter sido posto na estante do escritório simplesmente porque ninguém sabia o que fazer com ele e acharam que lá, entre tantos livros, não iriam notar o acréscimo.

Tinha a segunda Eneida, em formato álbum, com tradução e notas de um Odorico, o nome Odorico Qualquer Coisa Com Jota grande, na capa. E que era um livro bem maior do que a primeira Eneida. Não ficavam perto, um do outro. Nessa Eneida já não há nenhum Virgílio. Só há o Odorico, embora com a justificativa de que se trata do autor da tradução e notas, e não do texto.

E um dia descubro uma terceira Eneida, também longe das duas primeiras, essa chamada de Eneida Portuguesa, com autoria de João Alguma Coisa e introdução de um outro Jota Outra Coisa, os dois jotas orgulhosos, grandes, na capa também grande. Esse é um livro maior do que o segundo que já era maior do que o primeiro. O primeiro livro, o menor deles todos, sendo portanto o único a dizer que o texto lá de dentro foi escrito por alguém chamado Virgílio.

Como se eu fosse dando pulos em uma perna só, cada vez mais longe do real: alguém chamado Virgílio escreveu uma epopeia em versos intitulada Eneida. E não terminou. Outros entram, outras casas riscadas a giz. É uma amarelinha em que fico, em uma perna, eu também no ar à espera de uma completude prometida pelos vários episódios que crescem de tamanho mas que nunca de fato acabam. E com uma autoria que fica cada vez mais para trás. Ou melhor, uma autoria que vai se espalhando por várias casas dessa amarelinha, eu mesma virando autora. Se não de uma eneida, pelo menos das histórias de putas de um João que nunca termina de fato o que conta, e que vai ficando, ele também, cada vez mais para trás. Os detalhes, aqui, são na maioria meus.

Não é de todo mau.

É mesmo bom.

Objetivamente, a amarelinha de eneidas me faz bem, ali, na hora em que a descubro. Gosto disso, o fato de nada ser definitivo nelas. É o que me permite pular cada vez mais longe e achar que, assim, o tempo vai acabar passando. Ou eu.

E vejo mesmo.

O escritório com os vidros quebrados, teias de aranha pendendo do teto. Eu e João mortos, fossilizados em nossos respectivos lugares, o uísque que seguramos apenas uma mancha um pouco mais escura nos copos de plástico, esses sim, ao contrário da Eneida, de João e de mim, os copos, esses sim, indestrutíveis, definitivos, eternos. E não há mais som algum nesse escritório, além do som do mar, calmo, agora, depois de ter subido o que tinha de subir.

Sem eletricidade, o escritório. Não mais. Fora do escritório, fora do prédio do escritório, na rua em frente ao escritório, postes se tornaram iguais às árvores. São árvores um pouco mais convictas, mais determinadas, mais retas. A luz de fora sendo filtrada não mais por cortinas que se tornam restos duros, verticais, irreconhecíveis, nas laterais da janela. Mas o filtro da luz passando a ser o pó sobre os vidros, o que funciona muito melhor, o que é muito, mas muito mais bonito. O chão sem mais nem ratos. E do lado de fora do escritório, nenhuma Sarita sentada, cachorro policial, à mesa.

"Ele está em reunião e não pode atender no momento."

E fora do escritório, do prédio do escritório e da rua em frente ao escritório, há a cidade inteira que está coberta por uma areia que corre, como se atrasada para alguma missa, nas calçadas de suas ruas mais altas, o que não é o caso da Marquês de Olinda. A Marquês de Olinda, aliás Botafogo inteiro, o que foi Botafogo, um bairro baixo, tendo virado mar. Um mar calmo e raso, com uns recifes que, se houvesse alguém para chegar perto e ver, veria que são recifes feitos, não naturais, que são restos de construção.

O mar faz chuá, chuá, muito devagar, na maré alta de fim de tarde de uma rua Marquês de Olinda que não existe mais.

E que vira mesmo um vídeo, The Street Of Marquês De Olinda, na turistificação de Botafogo, aliás da cidade inteira. "The street of crocodiles". Escrevi uma vez sobre esse vídeo que achei por acaso na internet, em outro dia, em outro verão, em que, outra vez, nada tinha para fazer, nem da minha vida, nem das histórias que vivi e ouvi e vi. E das histórias que não vivi, ouvi nem vi. Mas que acho que foram assim.

É como me acalmo.

Era como eu e João nos acalmávamos.

Pulando amarelinha para longe. Íamos ficando calmos e tristes.

E o escritório ia ficando mais assimilável. Eu, João e o escritório irmanados, nossas estranhezas aplainadas nessas histórias inconclusas e a cada dia menos reais. Eu, João e o escritório, nós. Nós, incluindo o escritório que nunca foi de João nem muito menos meu. Porque o escritório, igual a nós dois, também não devia ser aquele, também desconfortável nele mesmo, tendo sido montado e habitado por outra pessoa, de outro tamanho e biografia, nós lá, os três, nos estranhando, eu a João e nós dois ao escritório. E o escritório a nós dois.

Mas estou lá, ainda.

Preciso.

Me mantenho num lá que nem sei mais se é o lá que foi.

Porque quero contar, eu, o que é de outra autoria. E não estou falando de João.

Porque é isso que faço agora: estabeleço uma autoria. Não a minha. Nem a de João.

De Lola, a grande ausente, a de quem não falávamos. A que estava fora de tudo.

É sobre ela, isso.

Sobre o que falam os livros.

Mentem.

Dizem que são uma coisa, e dependendo de como se lê, de quem lê, são outra.

João também, uma espécie de livro, ele próprio.

Vou vendo os livros, enquanto João fala. A luz vai diminuindo, o uísque não faz mais diferença e o cheiro da maconha já sai de livros e paredes e não mais do cigarro de João. Passa a ser o cheiro normal do escritório. Passa a ser, esse cheiro, esse ar, tanto quanto as alucinações minhas e dele, o que há de mais concreto a nos unir.

Eu fumo cigarrilhas holandesas, sabor baunilha e chocolate. Vêm em uma caixinha muito bonita de metal. Gosto da caixinha, menos das cigarrilhas. Mas acho que compõem a pessoa que tento ser. Brava para caralho.

Um dia João pega da gaveta da mesa que não é dele nem nunca será mas é atrás da qual ele senta, uma caixinha igual.

"Você também fuma cigarrilha?"

"Não. Fumo isso aqui."

E tira o cigarrinho enrolado de dentro da caixinha.

"Ah."

Um elo. Elo falso, já que nem ele fumava cigarrilha nem eu maconha. Mas, por ser falso, por isso mesmo servia.

E, nesse dia da caixinha, a barbaridade do dia contada por João como sempre como quem conta uma coisa distante, embora tão próxima, fica assim, pela primeira vez quase triste, quase normal. E, no meio da fumaça, vejo com uma curiosidade pouca e quase triste a moça de peitos de fora que vai e que vem.

Vejo como quem lê.

Porque o cenário era de livros, mas não era bem de livros.

Eram as próprias paredes do escritório que tinham gangrenado e inchado, adquirindo uma coloração que ia do verde-musgo ao marrom, passando por tons de um azul-violeta, tudo isso com gretas verticais e horizontais.

Não eram livros.

Era a própria parede, tudo uma coisa só, uma mesma massa de matéria, lá desde sempre. Às vezes, achava eu, com um inchado a mais em uma das partes, a gangrena piorando devagar, mas podia ser só impressão minha ou, pelo menos, eu preferia pensar assim já que admitir que alguém mexia nos livros era algo perturbador para mim.

Pois, me assegurava, prova de que formam uma só massa de matéria, as paredes e sua cobertura levemente colorida e inchada, é que ninguém jamais sequer pensou em tirar do lugar um dos segmentos, levemente individualizados pelas gretas horizontais e verticais. Não seria possível, isso. Me asseguro. Nunca ninguém mexeu naquilo. Repito para mim mesma. Pelo menos o cenário, eis algo estável, mesmo eu tendo de admitir, ainda que teoricamente, a possibilidade de piora na gangrena.

E como o escritório ficava fechado, a janela sempre fechada, cortinas corridas, não entrava pó. E mesmo se entrasse, de noite viriam aqueles seres de sapatos de sola de feltro, andando sem fazer barulho, com suas roupas cinza, o andar meio curvado. E um aspirador de pó grudado na veia do braço. É por onde respiram. Entram, respiram e saem. E nunca, jamais, ousariam, nunca, sequer olhar para as paredes inchadas, recobertas de seus segmentos de cores do verde-musgo ao púrpura cardeal.

Quanto mais tirar um livro do lugar.
Nunca!
Não escorria líquido. Eu checava isso todos os dias.
Porque eu ia lá todos os dias.
Não sei por quê. Não tínhamos grandes elos, eu e João, já disse. E aqui entra uma explicação que tento elaborar e reforçar, até hoje com pouco sucesso.
Mais de uma.

A explicação da falta do que fazer.
Não tenho nada para fazer da minha vida.
Perdi meu trabalho e, depois, perdi o trabalho que arranjei para fingir que não tinha perdido o primeiro trabalho. Acho que João pode me arranjar trabalho. Ou melhor, finjo que acho que João pode me arranjar trabalho, embora saiba muito bem que isso não vai rolar. Até porque ele disse:
"Não vai rolar."

A explicação de que lá dentro está melhor do que lá fora.
É fim de ano, verão portanto, no Rio de Janeiro, e o lado de fora é Botafogo. Marquês de Olinda. Que é uma rua com um absurdo intrínseco. Muito larga, embora quase sem carros. Nenhuma árvore, nenhuma sombra. O calor é insuportável. E no escritório tem ar-condicionado e uísque caubói no copinho de

plástico. Luminosidade amena e um quase silêncio, se se considerar a voz de João como ruído de fundo. Além disso, o sofá de couro adquire rápido o jeito apropriado para minha posição favorita: pernas esticadas, a bunda tocando a pontinha do assento, cabeça apoiada no encosto, os olhos voltados para a ponta das minhas botas.

O copinho de plástico fica equilibrado na barriga. Respiro pouco, quase nada.

Digo que é por causa do copinho de plástico.

A explicação da Mariana.

Nada contra a transformação de Mariana em não pessoa. É mesmo divertido ver ela se transformando em a garota perfeita, sem marcas, características próprias ou muito menos defeitos. Ela também acha divertido.

Passa base em cima de picada de mosquito. E ri.

Eu também rio.

O inverso é menos divertido.

Quando ela volta e precisa se transformar de não pessoa em pessoa, o processo é doloroso, íntimo. Põe Gael para brincar com alguma coisa. E começa. E é difícil. É difícil para ela limpar a maquiagem em frente ao espelho. O banho também é demorado e difícil. E uma vez em que cheguei mais cedo do escritório de João, vi que ela simplesmente sentava no chão do chuveiro e deixava a água escorrer. Por horas.

E depois do banho, ela acha que precisa escovar o cabelo (não lava todos os dias porque faz mal para os fios) por muito, muito tempo. E com gestos bruscos, quase arrancando.

É difícil para ela sozinha.

Comigo perto fica pior.

Pior para ela e, para mim, quase insuportável. Então não posso ficar em casa na hora em que ela chega. Saio. Ou não chego. E o escritório de João é um lugar bom para fazer hora.

A explicação da Sarita.
Me faz bem irritar Sarita. Começa na saída do elevador, logo que ela me vê. Já vou avisando, à distância.
"João está me esperando."
E passo pela mesa dela como um raio, deixando bem claro o quanto ela é inútil, o quanto sua presença é desnecessária ao mundo. Se sua função na vida é anunciar quem chega, ela a mim não precisa anunciar. E, uma vez dentro do escritório, há vezes em que rio de repente bem alto. Para que ela escute do lado de lá da porta. Ou me espreguiço uivando, também bem alto. Para que ela escute. E depois, aciono minha visão especial, em raios iônicos, e lambo a imagem dela do lado de lá da porta, desatomizando-se enquanto se contorce, os braços virando tentáculos que se abraçam em uma autoproteção inútil, impotentes, e os esgares de desespero na cara.
Me faz bem. Em geral é o contrário, sou eu que morro de raiva dos outros.

E há as explicações por parte de João.
A explicação da falta do que fazer, por parte de João.
João não tem nada para fazer da sua vida.
Trabalhou desde sempre na Xerox, mas em algum momento passou a não ir muito bem por lá. Oferecem a ele a função de informatizar a editora e aumentar assim o seu valor de venda. É uma editora importantíssima e falidíssima. O empréstimo no

BNDES, que aumenta sua sobrevida, tem uma cláusula condicionante: informatização.

Informatização = João.

A informatização acaba se resumindo a digitalizar originais velhos ainda sob contrato; instalar um programa de gerenciamento de conteúdo para agilizar revisões e reedições; depurar a linha de impressão com a gráfica; instalar um programa de controle de estoque; e meio que por aí. O salário de João é bem alto, mas ele não tem muito que fazer. Os autores da casa o esnobam, ele vem de TI, o que é sinônimo de não intelectual, não criativo, não sensível. Tudo verdade. Mas não o esnobo. Não porque não gostaria, mas porque não posso. Nem ele nem ninguém. Então, sou a coisa mais próxima de um Autor da Casa, todos consagrados, premiados, e com nariz nas alturas, que aceita falar com ele.

Eu sou quem senta no sofá. Desconfio que a única.

A explicação de que lá dentro está melhor do que lá fora, por parte de João.

João acaba de se mudar para um apart-hotel. Detesta o apart-hotel. Se chegar cedo no apart-hotel acaba fazendo uma besteira, com sorte apenas pelo telefone.

Assim:

Chega cedo, olha desesperado para a aquarela na parede em cima da cama.

Serão flores? Serão nuvens?

Na frente dele, a tela da TV quieta, calma, sabendo muito bem que vai engoli-lo mais cedo ou mais tarde por mais que ele resista. E logo adiante, a cozinha da qual ele tem nojo e que não usa, tomando até mesmo o café da manhã na padaria da esquina.

Chega cedo, então, senta na colcha da cama, vê tudo isso e mais o telefone.

"Alô? Olha, não desliga, você vai ter de entender. Vai ser difícil porque você nunca jogou tudo para o alto na sua vida, mas."

E Lola dá uma gargalhada do outro lado do fio.

Não sei se aconteceu. Pelo telefone acho que não. Depois, ao vivo, acho que sim.

Acho que pode ter acontecido, depois, bem depois, essa frase de João. A gargalhada de Lola, não. No máximo, transpareceu sob a forma do seu quase imperceptível sorriso, que só passado muito tempo de tudo isso eu iria reconhecer como de total, perene e superior ironia.

João não gostar do apart-hotel, e não querer ficar lá até para se impedir de uma besteira pelo telefone, é o início da última explicação por parte de João.

A explicação da Lola, por parte de João.

É tudo um treino, então, nós dois, ali no escritório. Ele precisa contar o que conta porque precisa se escutar falando e, assim, entender melhor o que viveu, antes de afinal falar com Lola.

Não é só porque ele ainda não se entendeu. Também ainda não arranjou coragem. Nem por telefone nem ao vivo. Ainda não, nessa época. Então treina comigo.

Vai falar. Um dia, muito depois. Acho que sim.

Não sei de fato quanto à gargalhada de Lola.

Acho que não. E não só porque ela era muito irônica, então não riria. Sorriria. Mas também porque gostava do João.

Era possível, eu acho, à Lola, ser dessas duas maneiras: irônica e gostar de João. E até de mais de duas.

Fernando Pessoa.

João treina comigo embora haja, à disposição dele para seus

diálogos que são monólogos, um Fernando Pessoa perfeitamente viável, em metal, ali deitado no tampo da mesa. Não digo tampo da mesa dele. Paro antes.

De mogno, a mesa. A mesa do fundador da editora.

João, às vezes, até tenta a opção Fernando Pessoa, apesar da minha presença. Fala comigo, ou quase comigo, olhando para o Fernandão, mais próximo, mais cinza e mais imóvel. Mas sei que tenho uma função. Se ele fala só com o Fernando e seu grupo (Álvaro de Campos, Ricardo Reis, Bernardo Soares, Alberto Caeiro e os setenta outros da patota), Sarita iria fofocar com os poucos funcionários que ainda restam na editora que João ficou maluco.

Pois não só João fala sozinho, como ela escuta respostas em vozes variadas, e respostas de trás para diante. Porque o Fernando Pessoa da mesa de mogno, mesa essa que era para ser de João e nunca conseguiu ser, é um Fernando Pessoa ao contrário. Um clichê. Não linguístico, mas de metal mesmo. Embora também, claro, um pouco linguístico. É um clichê da época em que se imprimia jornal montando chapas grandes com arrebites, as placas, as letras, os quadradinhos lisos para os intervalos.

O Fernando Pessoa da mesa de mogno é o Fernando Pessoa em sua pose mais conhecida, chapéu enterrado na cabeça, folhas de papel na mão, feito por Almada Negreiros. Mas é ao contrário, porque se trata de clichê de impressão. As linhas cavadas no metal a ser coberto pela tinta, grossa como petróleo, o rodinho de mão para limpar as partes lisas e altas, e o papel que gruda em cima. E que depois é retirado, e pronto, uma página impressa. Agora outra.

É esse o Fernando Pessoa em cima do tampo da mesa de mogno do escritório da editora, mesa essa que nunca foi de João ou João dela, um sendo o negativo do outro. É um Fernando Pessoa também ao contrário, também no negativo.

Então João fala comigo, eu lá espichada no sofá, a única do

grupo dos setenta aceitável socialmente. Socialmente significando Sarita.

Também sou uma espécie de negativo, já que tenho vinte e poucos anos e ódio profundo dos meus vinte e poucos anos.

Meus vinte e poucos anos.

Tenho vinte e poucos anos e moro com Mariana, fato do conhecimento de João, que deduz, a partir daí, que sou lésbica. Sendo lésbica, ele também deduz, sou uma pessoa vivida, que saberá como são os fatos da vida. E sendo uma pessoa vivida que saberá como são os fatos da vida, sei sem dúvida apreciar a vida dele, João, que não é que seja uma vida legal apesar de ele ter feito programas com garotas de programa sua vida inteira. A vida dele é uma vida legal porque ele fez programas com garotas de programa sua vida inteira. Não apesar de. Porque. Sublinha o porque.

E eu sou capaz de entender isso.

"Porque tem dessas coisas. Não é?"

Faltou uma das explicações, por parte de João.

A explicação da Sarita, por parte de João.

Sarita é a verdadeira chefe de João e toma conta dos horários dele, contando para todo mundo se ele sai cedo. Então ele faz hora no escritório, eu como álibi de uma ocupação, eu como suposta reunião de trabalho.

Eu, sentada no sofá.

E faltou uma das minhas rotas de fuga do escritório.

Falei das eneidas. E falei que havia apenas dois brancos em

todo o escritório. O primeiro, o do vértice de linhas inclinadas que se juntavam no teto.

A última rota de fuga era o segundo ponto branco. O principal. A principal. A camisa de João.

É uma rota de fuga que foge ela própria, essa. Sua aparição é muito rápida, embora cotidiana. Questão de meia hora, indo do fim da luz que vem da janela sempre fechada (vidro fosco e cortina, uma redundância) até João acender a luz do teto que ele em geral mantém apagada, ficando apenas com um ponto de luz pequeno, amarelo e muito simpático, voltado para o tampo da mesa de mogno e para o Fernando Pessoa ao contrário. A luz amarela, sempre achei, é uma espécie de aviso:

"O mundo pode sumir mas sempre fica um restinho, ainda que pelo avesso, viu."

Porque no foco dessa lâmpada amarela não há nada além do Fernando Pessoa ao contrário, em cima do próprio mogno que também é o contrário do seu ocupante do momento, o João. E João e eu, também meio que contrários um do outro e, vai ver, também devendo ficar um em cima do outro. Eu gostaria.

Mas tinha mais.

Tinha mais.

Às vezes, no foco da luz amarela, entravam os cantos dos meus desenhos.

Porque, pelo menos das primeiras vezes em que vou, João pega, assim que chego, os meus desenhos que ele guarda em uma gaveta. O que significa que aquela reunião é uma reunião de trabalho. Embora nem ele possa, de fato, fazer a reforma que proponho para a livraria que existe no térreo, nem eu tenha nada a acrescentar aos rabiscos que lá estão e lá ficarão iguais, eles sim, embora nós não, eternos. Além de inúteis e ruins. Três qualidades que tendem a se apresentar juntas.

Jogarei esses desenhos fora em breve. Pelo menos eternos posso conseguir que não sejam. Assim que conseguir sair daqui.

Mas sim.

Por ter tudo isso embaixo, além de ser pequena demais, a luz amarela, apesar de bonita, não colabora para a aparição do que é minha terceira rota de fuga, a camisa de João.

As luzes determinantes para tal acontecimento são a da janela, cessante, e a do teto, nascente, mas ainda não de todo nascida. Na meia hora de intervalo entre uma coisa e outra, a camisa do João adquire luz própria. É muito branca. Lola deve ser boa dona de casa, viciou João em camisas muito brancas.

A camisa se torna, nessa meia hora, a única coisa branca de todo o ambiente. O vértice do teto some momentaneamente, engolido pelas sombras montantes, enquanto a camisa brilha, está viva. É a única coisa viva, ali, no meio das paredes gangrenadas de livros, do mogno que também ele aumenta de volume, tanto quanto as paredes, inchado que fica do orgulho de ser mogno, ocupando, igual às paredes, um espaço que vai além das dimensões do que se poderia esperar de uma mesa. No chão, o tapete com desenhos fica mais alto, cresce como mofo, cada dia mais um pouco. E no resto botaram quadros, sancas, premiações literárias emolduradas.

Então tem João.

Ele anda na minha frente falando o que fala e a camisa dele brilha.

Não tem como eu não olhar.

Preciso dizer uma coisa a meu respeito.

Tenho gosto por um tipo específico de barriga masculina. Não tem como eu não olhar.

Não a barriga tanquinho. Pelo amor de deus, não tanquinho. Mas com aquele V acentuado que nasce em cima do osso do quadril e cujo vértice é no sexo. Me amarro num vértice, acabo de notar. E a barriga que ocupa a parte de dentro desse vértice, no caso de João, é lisa mas não musculosa, e aceito a possibilidade de uma linha de pelos apontando para o umbigo.

Nunca vi.

Essa terceira rota de fuga é de duração curta, como disse. Meia hora entre o declínio da luminosidade da janela e o ato de acender a luz do teto. Nessa meia hora eu precisaria levantar do sofá, acionar meus propulsores atômicos e seguir um daqueles raios luminosos que levam qualquer um minimamente esperto a outro mundo, cuja entrada ou origem eu até conheço. Courbet estava errado. Esse mundo começa de fato em uma faixa estreita e escura. Nisso ele estava certo. Mas essa faixa estreita e escura é o cinto preto e fininho de João. Largado no chão, desmanchando o mofo, perto da calça largada, a cueca amarfanhada.

Nunca levantei daquele sofá.

Perdi a experiência hexagalática ao meu alcance. Para me redimir um pouco da condenação que me faço de ser uma babaca completa tenho a desculpa do Arquiteto, a me impermeabilizar ainda por um bom tempo, depois de seu sumiço, contra qualquer contato com homem. Mas nessa meia hora de luz minguante, João andando de cá para lá, e que era a meia hora que em geral coincidia com a terceira enchida de uísque caubói no copinho de plástico, era para eu ter ido.

Não vou.

Fico no sofá. E olho para a ponta das minhas botas, eu espichada no sofá, eu e o copinho de plástico que pego do bebedouro sem nem interromper meus passos, assim que chego pelo elevador.

Dois.

Um para mim, outro para ele. Eu lá. E João conta um caso de garota de programa.

João conta um caso de uma avó lá dele.

Pequenininho, ele passa férias com a avó materna em São Paulo. A avó mora na Bento Freitas. Ainda não existe Boca do Lixo quando João é pequenininho.

João desce a Major Sertório, pega a Bento Freitas. Ainda não existe Boca do Lixo na hora em que João grandinho desce a Major Sertório.

Boca do Lixo é uma camada de luzes, cheiros e sons que se espalha, bem mais tarde da noite, em cima das ruas comuns por onde ele anda.

É cedo.

Ele se diz que vai atrás da infância. Da avó. E de um cachorro-quente famoso na cidade quando era criança. Seleta Paulista Lanches. Precursora de O Melhor Cachorro-Quente De São Paulo. A cidade tem essa mania. Ter o melhor de qualquer coisa. Até hoje.

João vai.

Sai do Hilton, onde está e onde há uma boate de garotas de programa. Mas não quer a boate do Hilton. Diz para ele mesmo que pode ser que não queira boate alguma nessa noite. Que não queira uma garota.

Mas vai.

Segue a rua em direção, não à avó, ele bem sabe, mas em direção à garota de programa inelutável. Escurece. Ele tenta manter a avó na luz que some. Um pedaço de muro antigo e esboroado, igual, igualzinho. Uma curva na sarjeta de esquina que ele já viu. A fachada de um sobrado lá desde sempre, ele reconhece, agora escondida por um cartaz que anuncia depilação de virilha a partir de tanto. Não um preço fixo. Mas a partir de. Depende da virilha. Ou, o mais provável, de quanto será depilado na virilha, todas iguais.

Virilha um eufemismo. Uma metonímia. O que será depilado é o que está perto da virilha.

Ele se diz, e se diz várias vezes, para se convencer, que a fachada do sobrado, escondida, quase não visível, atrás do cartaz, é a mesma, lá, desde a infância, a fachada, sim, ele com a avó buscando o cachorro-quente. Quase a mesma. Justamente por ser pouco visível, tão facilmente vista. É um resto de frontispício também quase igual a dignidades europeias, cujo original fica, como uma virilha, não bem lá, mas ao lado, uma outra metonímia. Do outro lado do Atlântico, terra natal dos imigrantes paulistas que incluem a avó de João.

O frontispício escondido atrás do cartaz, e que João se esforça em ver/não ver, tem uma espiga de milho estilizada a denunciar o quase-quase. Milho é uma impossibilidade em frontispícios europeus. São dois milhos. Um de cada lado, simétricos. E é a simetria, mais do que qualquer rocambole de gesso, a verdadeira ligação, o elo. A simetria, essa ilusão de ótica, a fingir que o centro, que se determina aleatoriamente, é sempre o verdadeiro e único centro. E isso de qualquer lado do Atlântico, igual, igualzinho.

Mas João anda, as cores mudam e a Boca do Lixo se instala, escorrendo por tudo, ocupando tudo.

Adeus, simetria.

Boa noite, simetria.
João chega na Love Story.
O néon apaga e acende, apaga e acende, em duas sequências de tempo diferentes, vermelho e amarelo, o que faz com que

uma bunda e dois cálices de martíni se mexam sem parar e sem sair do lugar.

Os cálices são simétricos. O centro é a bunda.

João entra. É cedo.

E sim, para segurá-lo na sua ilusão de que não busca uma garota de programa, está outra vez com pouco dinheiro, o pouco dinheiro segurando-o, o pouco dinheiro a mão de sua avó, segurando-o no caminho da virtude cristã, do bom comportamento ou, pelo menos, de um cachorro-quente que ele gostaria de não passar a ser, rapidamente, uma metáfora de mau gosto.

É cedo.

É sempre muito cedo.

Ou tarde demais.

Tudo iluminado lá dentro.

Num canto do balcão dois garçons e três garotas conversam. João entra. Eles param, olham. João senta em uma das mesas. A conversa continua em voz baixa, com olhares furtivos em direção a ele. Depois o grupo se dissolve. João vai ao balcão pedir sua bebida e volta para a mesa. Entra mais um cara, as garotas começam a andar de lá para cá. Chegam mais dois, mais movimento, a luz diminui. Uma garota pergunta se pode sentar. Pode.

"Você vem muito aqui?"

Entram mais uns poucos, mas poucos, o lugar vai ficar até o fim meio vazio. A pista de dança agora está com a luz indireta, sem ninguém, só as luzes que dançam.

João diz que está com pouco dinheiro.

"Não faz mal."

A garota instrui sobre o que João deve fazer. Pagar a bebida dele e a dela. Sair. Esperar depois da esquina. Ela sairá um pouco depois. Assim, ela dribla a percentagem da casa. Ele não precisará pagar hotel, acrescenta. E o que sobrar na carteira é dela.

Fazem juntos uma rápida averiguação. O que terá na carteira, depois do pagamento das bebidas, é menos do que o preço usual de um programa. João acha que talvez seja uma noite de movimento fraco e que é por isso que a garota se propõe a aceitar um preço menor.

Faz o que a garota fala.

Espera na esquina. Ela aparece.

Seguem para um edifício velho logo ali. Tem um porteiro que cumprimenta a garota.

Sobem.

É um apartamento modesto. Trepam. João quer muito que a garota goste da trepada. Se esforça. Inventa coisas que ele acha que ela pode gostar. Chega a perguntar se ela quer alguma coisa especial. Ela não responde direito, incomodada com a pergunta. João acaba por dar a trepada por terminada e eles se vestem.

Na ida até lá batem um papo.

A garota diz que vem do Nordeste e que tem um filho que ficou ao encargo de parentes. João acha que é mentira. Não acha. Mas ao me contar, conta fazendo cara de esperto, de homem vivido, de quem sabe que uma história dessas só pode ser mentira. Nada mais lugar-comum do que prostituta que trabalha para manter um filho que ficou no Nordeste.

Contam isso para amolecer o coração dos trouxas, diz.

Ele sabe disso, e faz um muxoxo.

Contam isso para ganhar um dinheiro extra. E outro muxoxo.

Mas corto:

"Primeiro, ela faz o programa por menos do que o preço-padrão. Então, não há esperança de ganhar dinheiro extra algum, já que nem o básico ela recebeu."

"Tem razão."

"Segundo, lugar-comum é apenas uma verdade que se repete."

Ele sabe, já, nesse dia, da existência de Mariana.

Concluo, apoteótica:

"Mariana tem Gael. Ele não ficou pra trás, no Nordeste, mas é igual."

João sabe, já, nesse dia, da atividade profissional de Mariana. Já houve, a pergunta:

"E faz o quê, a moça que mora com você?"

"É puta."

E essa é a última explicação, talvez a definitiva.

Ou a principal.

Ou a única.

É, talvez, o fato de Mariana ser puta, o que torna plausível eu e João termos vivido o que vivemos, todos os dias, naquele verão de rachar do Rio de Janeiro, quando ambos os nossos mundos, o meu e o dele, tinham acabado de acabar.

Por Mariana ser puta, e João estar ciente disso logo no começo do nosso reencontro (eu, João e Gael, em uma manhã muito cedo na frente da livraria da editora), ele pôde me contar tudo o que contou e que afinal nem foi muito. Referências oblíquas, relatos ditos em frases pela metade, o olhar no ar, o uísque virado de uma vez, o último trago na maconha, a luz que sumia. E que foram ouvidos por mim de igual modo, o olho nas eneidas cujos virgílios também não terminavam suas frases e sumiam aos poucos. E na camisa branca de João, cujo fim também fica por acontecer, um pulo não dado.

Talvez seja de fato à Mariana que devo os fins de tarde com João.

E nessa dívida que tenho com ela, incluo Lola e Lurien, os silêncios de todos nós, e muito mais.

João fica em silêncio.
Ele sabe, então, nesse dia em que conta da garota da Love Story, a respeito de Mariana.
Fica em silêncio depois que digo o que digo.
Mariana é um problema, ela é real.
João não conhece Mariana pessoalmente ainda nesse dia. Mas ela já existe, através de mim, como uma pessoa real. Garotas de programa não podem ser muito reais para João porque senão não funcionam como garotas de programa. Por um tempo pensei que seriam uma espécie de tela, perfeitas, sem nada que interfira no filme a ser passado. Ninguém nota uma tela, não antes de o filme começar, ou depois que acaba.
Pensei isso por causa da Mariana. E de mim. Depois mudei o pensamento por causa da Mariana. E de mim.
Mariana era toda certa, quero dizer, previsível. Pequena, magra, dois peitinhos, toda certa, a cara também. Bonita, mas não consigo lembrar da cara dela, de uma característica sua, algo que não fosse tudo como se espera que seja. Bonita no sentido em que não dá para dizer que haja alguma coisa feia.
Bonita, pois.
E parecendo mais jovem do que era. Nunca a vi sem roupa, mas não devia haver estria na barriga que deu origem a Gael. Não devia haver nada. Sei que João só trepava com garotas de programa quando em viagens, então, não, nunca conheceu Mariana. Profissionalmente. Mas quando ele tentava descrever as garotas, ou quando não tentava e eu pedia, sempre começava da mesma maneira.
"Como ela era?"

"Uma garota novinha, tesudinha."
E descrevia mais ou menos uma mariana.
Por muito tempo achei que ser novinha era uma fixação mais para a pedofilia da parte dele. Independente se era ou não, acho que também queria dizer que as garotas não tinham marcas. Que não havia nelas marcas de uma vida específica. Eram novinhas no sentido de que não tinham marcas, gestos, expressões, coisas que as individualizassem. De algumas, ele lembrava de alguma coisa, um nariz um pouco maior, um jeito mais sacana de rir inflando as narinas ou franzindo o nariz. Ou era ele que punha, nelas, características, lembranças e ilações que nelas não havia. Da maior parte das garotas, nada ou quase nada ficou para ele.

Um pouco ele até conta.
Eu é que pouco escuto.
João conta da garota da Love Story e se interrompe para pensar na possibilidade que apresento. A de que a garota não mentiu para ele. Ele gosta de imaginar uma garota que fala um pouco da vida dela, do filho deixado no Nordeste, a um estranho que acaba de conhecer. A garota fala o que fala enquanto anda ao lado de João, no curto caminho que vai da Love Story até o apartamento em que irá trepar com ele.
Simples assim. Bonito assim. Digo.
Os dois, andando os poucos passos daquela rua, juntos, indo para o apartamento, em um programa em que dinheiro não é o mais importante. Ambos fazendo o que não está previsto. Uma transgressão, a dela bem maior do que a dele. Porque se o trabalho dela é trepar por dinheiro, ela não faz o que lhe é designado. Decide, ela. E a decisão é a de trepar tendo a certeza de que é porque quer.

E dizer não para dinheiro é algo bem mais radical do que qualquer coisa que João jamais tenha feito.

Digo isso e ele admite. Mais do que admite, se estende no assunto.

Transgressão dupla é um dos seus temas.

Mas João fala e fala e eu fico com a garota que conta um pouco da vida dela enquanto anda devagar numa noite em uma rua de São Paulo.

João fala e fala.

Ele tem temas. O da transgressão é o principal.

Outro é o do menino em frente à vitrine de doces de uma padaria. Acho que esse é o que ele considera ter mais chances de emplacar em uma eventual futura conversa com Lola, a maternal. Lola não é maternal. É apenas mãe do filho dele. João confunde as coisas.

O terceiro tema é o do poder.

Quem, dos envolvidos em uma relação prostituta-cliente, detém o poder.

Nesse dia em que fico sabendo da garota da Love Story, em que pese o início com uma avó, um cachorro-quente e ele criança, não é o tema do menino em frente à vitrine de doces de uma padaria o que irá nos ocupar até o início da noite, até jogarmos os copinhos de plástico, amassados com a mão, na lata de lixo enfeitada da mesa dele. Até iniciarmos mais uma vez a aventura da implementação, no mundo real, no mundo natural, de algo que não existe no mundo real, no mundo natural: a linha reta. Pelo menos até o elevador. Pelo menos até depois da mesa da Sarita.

"Boa noite, Sarita."

"Boa noite, doutor João."

Faço só um pequeno movimento com a cabeça ao passar por ela, não só porque não teria de qualquer modo vontade de meneios mais entusiásticos, como movimentos com a cabeça me são particularmente custosos nessas minhas saídas do escritório de João. De qualquer maneira, Sarita nunca responde.

E na rua:

"Até amanhã."

"Até amanhã."

E cada um se vira para um lado da Marquês de Olinda, tão absurda a essa hora quanto em todas as outras, na sua largura deserta.

A Marquês de Olinda também, tanto quanto nós, finge ser reta. E vou, cambaleante até a Assunção, repetindo em voz alta.

Linhas retas só parecem retas quando vistas de mais perto do que deveriam. Qualquer um, de binóculo em outro universo, saberia que são curvas.

Que transgridem.

Nesse dia da Love Story, o que João e eu discutimos até nossa sempre palpitante aventura da linha com sorte reta, é a transgressão.

De como o mundo não é possível de ser vivido sem transgressão.

"Só uma pessoa tão limitada quanto Lola não entende uma coisa dessas."

Ainda não conheço Lola nesse dia.

Então concordo.

Sem binóculo.

Vistas de binóculo, as garotas não são bem as garotas.

João tem uma vontade nunca realizada. Pertencer a um grupo. Fazer parte de algo.

Tenta com colegas da Xerox, antes de aceitar o salário milionário na editora. Não consegue na Xerox. Não consegue, muito menos, na editora.

Nesse dia da Love Story, acho que o principal não é a transgressão do não dinheiro por parte da garota de programa. Ou da proximidade dele, João, com uma garota de programa tão transgressora quanto ele, ou mesmo mais.

Acho que o principal é o que ele não diz. Ou diz muito de raspão, quase não dizendo.

Que é como ele começa sua fala.

O grupo no fim do balcão. A conversa de amigos, colegas, companheiros da noite, a conversa que a entrada de João interrompe. Ele de fato não quer a garota de programa, quer o grupo. Acho. Não que ele diga.

Digo eu.

Assim.

João volta na Love Story no dia seguinte. O dia seguinte de uma outra vida. Outro João.

"E aí, tudo bem?"

Trocam aquele aperto de mão espalhafatoso de homens que se conhecem bem. São palmadas de mão e não apertos de mão, na verdade. Espalhafatosas de tão machas que são. Beijinho nas garotas.

João senta com meia bunda no banco alto do balcão e fica de papo.

"E aí?"

"Pois é."

Casos para contar, perguntas a fazer.

Entra um cara.

João, junto com os outros, olha para o cara. Que saco, entrou um babaca para ser atendido. Ri mais um pouco com os outros.

"Bem, começou a noite, né."

"E vamos a ela."

E vão, cada um para sua função. João ainda fica por ali mais um pouco, depois sai. Não é um freguês, é um deles, pertence, tem algo a fazer na noite, qualquer coisa, virar vampiro, sair voando, roubar transeuntes, tocar violino, qualquer coisa.

É isso, isso.

A garota é legal. Foi legal. Mas dura pouco, a garota, sempre duram pouco, as garotas. O grupo duraria mais, sempre, noite após noite, um sentar à vontade, um nem notar mais as luzes, os cheiros, os sons, já tudo incorporado, tudo dele, tudo ele.

Enquanto isso, eu. Sem muita coisa.

Sei bem como fica esse Arquiteto quando escrevo Arquiteto com A maiúsculo. Igual ao deus dos que gostam de contas certinhas noves fora zero, e que são muitos.

É de propósito. É como ele gostaria de ser chamado. Digo, o próprio Arquiteto.

Se considerava um deus. Ao falar, o peito inchava, o pescoço inchava, quase engolia o queixo, e o que saía saía como um jorro de verdades absolutas. Sonhava mundos, desenharia cidades em que ruas não seriam ruas, mas esteiras rolantes de duas velocidades. Uma mais devagar, nas margens, e a parte central, mais rápida.

Continuo achando uma boa ideia.

Faria edifícios.

Depois faria apartamentos.

Acabou se especializando em lavabos, que tirava de armários embutidos, halls minúsculos, cantos de varanda cujo piso ele levantava para passar o cano.

Uma diminuição, e eu lá, no fim desse caminho. Eu era o

nada do fim desse caminho. Eu era a menina que desenhava direitinho.

"O bom é que teu desenho não parece desenho de arquiteto."

O meu consolo. Os outros assentiam, sem muita paciência para a namoradinha do sócio da empresa.

Há mais uma coisa que vou precisar dizer a meu respeito, além daquilo sobre a barriga masculina.

Tenho essa coisa de quicar. Eu quico. Bateu no chão, e lá vou eu, às cegas, para qualquer lugar.

Então, no dia seguinte ao dia em que a valquíria loura sentou na prancheta que eu considerava minha, lá estava eu na frente de uma máquina de xerox.

Quarto andar. Marechal Floriano.

Décimo primeiro andar. Marechal Floriano.

No décimo primeiro, uma pensão, com certeza clandestina mas que era onde todos do prédio almoçavam. Também no décimo primeiro, fim do corredor, um puteiro. Nunca fui até o fim desse corredor. Eu almoçava cedo. Esperava abrir às onze. Se abrisse dez para as onze eu já estava lá.

Mariana também.

O horário dela no puteiro ia do almoço até as seis, fim de expediente, movimento maior mas que ela não pegava. Ficava tarde.

Gael.

O meu horário era o mesmo. Sem Gael.

Não nos falávamos.

Depois, um barulho com a garganta que poderia ser entendido como um olá passou a fazer parte da cena, nós duas paradas na porta da pensão, esperando abrir.

A mulher que tomava conta do lugar queria que sentássemos

em uma mesma mesa. As duas pentelhas que chegavam mal abria e que mais valia sujarem uma só mesa, menos trabalho.

Em uma mesma mesa, continuamos não nos falando.

Até que eu falo.

Foi só uma frase:

"Se você souber de alguém que queira alugar um quarto em Botafogo, fala comigo."

Me olhou com algum espanto, mas não muito. Depois eu iria entender por quê. Ela considerava normal, a sorte, dadinhos determinarem sorte.

Mesmo quando não havia dadinhos.

Hoje, se quero lembrar de Mariana, lembro de um jeito de rir e virar a cabeça, uma maneira de chegar como se fosse sempre abraçar o mundo, os dois braços meio abertos. Se tivesse de descrever, teria dificuldade. E acabaria descrevendo não Mariana como a conheci, mas um retrato de Mariana, que Lurien recebeu bem depois da partida dela, e me mostrou.

Ela de terninho, mais gorda um pouco, ao lado de um carro de luxo. Ao fundo, a ponte para Juazeiro.

A Mariana que conheci está por baixo dessa de terninho, meio apagada pela Mariana de terninho. Essa, a apagada, olha pela janela suja de um décimo primeiro andar da Marechal Floriano, o cotovelo apoiado na mesa coberta por uma toalha de plástico xadrez vermelho e branco que imita toalha de pano xadrez vermelho e branco em piqueniques campestres, bolos feitos em casa, alegria, alegria, e nenhuma formiga.

Em cima dessa toalha, a de plástico, havia, a nos separar e juntar, a travessinha de feijão, a de arroz, os dois bifes e a salada de alface e tomate. Batata frita em dia de festa. Ou melhor, em dia que virava dia de festa.

E mais o paliteiro, o saleiro com grãos de arroz dentro, e os guardanapinhos de papel.

"Vão beber o quê?"

A pergunta foi feita poucas vezes, porque, com a resposta repetida de que não beberíamos nada, nem eu nem ela, deixou de ser feita.

Comíamos então em sossego, nenhum motivo para a mulher vir até a mesa enquanto não acabássemos, o que acontecia logo. Acabávamos. Já acabou. Para nosso desalento. Não pela comida, mais do que suficiente. Mas pelo álibi. Ficávamos então ainda por ali, eu e ela sem nos olharmos, a janela suja e que dava para outra janela suja do prédio em frente, um olhar de relance para alguém que chegava em outra mesa.

Até que íamos, eu para o quarto andar, a máquina de xerox. Ela para o fim do corredor, o puteiro.

Se ela conhecia alguém.

Me olhou. Nem tanto espanto.

"Aceitam criança?"

A ideia nem tão original.

E sem criança.

Eu e o Arquiteto compraríamos apartamentos velhos, faríamos uma reforma e a venda traria lucros estonteantes. A carta na manga era a genialidade criativa que nos caracterizava. E a minha capacidade de andar e andar, por ruas e ruas, bairros inteiros, até achar aquele edifício pelo qual ninguém daria nada mas nós daríamos. E o futuro seria de gargalhadas, champanhe no chão e um levitar que nos colocaria sempre, dormindo ou no meio da rua, de pé ou de cabeça para baixo, a pelo menos um metro acima do resto da humanidade. Isso eu e o Arquiteto. Gargalhantes para sempre.

Chegamos a fazer um.

Comprado por ele que era quem tinha grana disponível no momento.

O combinado era alternar. Um apartamento comprado por ele, outro por mim. Com isso, aumentaríamos o intervalo entre as compras e pagaríamos menos impostos. Comprou ele então o primeiro. E nem mudamos muito. E nem foi tanto lucro.

E aí ganhei uma herança. Nem tanto herança. Um tio latifundiário, solteiro e provavelmente gay, embora essa hipótese não fosse aventada. Chicotes, chapéus de couro, bois, cavalos e jagunços, noites e noites ao relento embolados no meio do campo, eis uma enumeração reduzida à sua forma literal. Coisa de homem.

Na minha família, Diadorim, conhecido fosse, seria uma impossibilidade ôntica.

Diadorim, uma impossibilidade narrativa.

"A única coisa a nos garantir que Diadorim não é de fato um homem é a palavra de Riobaldo e, convenhamos, ele não nos diria nada de diferente."

Um professor meu, inesquecível.

A parte que me coube desse latifúndio.

Me cabe a parte da parte da parte do latifúndio do meu tio, e está bom assim.

Compro nosso segundo apartamento. E o batizo de latafundos. É de fundos.

E rio muito porque nessa época eu rio muito.

Por qualquer coisa.

E o meu latafundos me provocava risos e mais risos, da maior imbecilidade, também porque eu achava que esse, de repente, eu e o Arquiteto não venderíamos e seria esse o chão do nosso champanhe no chão. Ou a alguns centímetros do chão.

O apartamento era mesmo um achado. Na época, eu não conhecia muito a rua Assunção. E o edifício, na época, me pareceu muito velho. Hoje menos. E tinha a questão dos cinco andares.

Me encantou, antes mesmo de eu saber de seu potencial. Meu encantamento era premonitório. O apartamento tinha/tem quinas arredondadas, que não me machucariam mesmo se eu me jogasse contra elas, e quando comprei nem me passava pela cabeça que eu teria vontade de me jogar contra elas.

Paredes velhas, grossas e de quinas arredondadas. Quase um colo.

O potencial do apartamento se mostra, depois, ainda melhor. Quando o visitei pela primeira vez, havia já o projeto, aprovado pelos condôminos e pela prefeitura, para a construção do andar superior, de cobertura, a beneficiar diretamente os quatro apartamentos do quinto andar, além de modernizar o resto do edifício todo. A laje do edifício suportaria quatro buraquinhos para quatro escadas em caracol para os quatro duplex.

Não o peso de colunas de sustentação para outro andar inteiro.

A solução encontrada foi a da coluna horizontal, ou cinta. As paredes externas do edifício subiriam para a altura de mais um andar, cintadas. O andar de cima teria telhados parciais, feitos em material pré-moldado, leve. E ficariam apoiados, esses telhados parciais, nas paredes externas. No centro do edifício, e da laje já existente, um vão livre.

No vão livre, os jardinzinhos dos quatro duplex.

Eles também seriam separados, uns dos outros, por material leve e pré-moldado, em uma ideia de gênio que me deu inveja. A parte coberta, com variações em cada uma das quatro unidades, por conta de desvios para a caixa-d'água do prédio e para a casa de máquina do elevador, supunha um cômodo bastante amplo, um lavabo, e janelas voltadas para o jardinzinho de cada um.

Encantador.

E relativamente barato para uma possibilidade de valorização muito grande. Mas a obra teria de ser feita, e paga, pelos quatro apartamentos do quinto andar ao mesmo tempo, as paredes com as colunas cintadas precisando ser levantadas de uma vez só. Todas as assinaturas foram colhidas, datas acertadas, e o custo entraria como extra na taxa de condomínio. Quem não pagasse teria o apartamento leiloado.

Acertei e comprei.

Me tornava feliz proprietária de um sonho. E vizinha da Lola.

Nunca nos encontramos por acaso na rua. Nem na rua nem nos meus sonhos.

Não nos encontramos.

Nem naquela época. Nem hoje.

Na rua Bambina, aqui do lado, e que é a paralela mais próxima da Assunção, fica o apartamento de Lola.

De Lola e João, primeiro, logo quando me mudei para cá. Depois só de Lola. Hoje, com certeza, só de Lola.

Por um tempo, eu já passando meus fins de tarde no escritório de João, fantasiei cruzar com uma Lola, que ainda não conhecia pessoalmente, no mercadinho da esquina, na rua. Olhava mulheres que eu achava que tinham cara de Lola.

Depois do nosso encontro no clube, o nosso único, eu olhava com medo de encontrar Lola. Embora quisesse.

O que eu poderia dizer?

Nunca encontrei. Queria. Ainda quis, ontem, e ainda quero, agora, hesitando em me mexer, em ir embora. Porque aqui fico por uma espécie de delírio, ou delito. O de encontrá-la antes de sair de vez, antes de sair pela última vez.

Delírio e delito, esses seriam meus.
E teve o Delírios & Delitos que não era meu.
O Arquiteto já iniciava sua diminuída de tamanho rumo aos lavabos. Bossudos, mas lavabos. Paralelamente, sua presença já iniciava uma diminuída na minha vida e no recém-adquirido apartamento da Assunção, apesar das quinas arredondadas que me enganavam como açúcar cobrindo bolo. Nenhum açúcar. Só cimento mesmo.
Meu trabalho remunerado, que dependia do Arquiteto, também diminuía.
Então eu sabia que não ia conseguir ficar com o apartamento. Precisaria pagar uma obra grande quando não estava conseguindo pagar sequer o condomínio antes da obra, e que era muito barato. Minhas tentativas de conseguir dinheiro (primeiro com João; depois com Mariana alugando o quarto e, terceiro round, eu tomando conta de uma máquina de xerox) não eram bem tentativas de conseguir dinheiro, mas de me distrair para não ter de pensar que eu não estava conseguindo dinheiro.
O nome completo era Delírios & Delitos Design.
Meu amigo tinha essa teoria. Qualquer nome com um som repetido, uma rima interna que fosse, era sucesso garantido.
Não foi.
A máquina xerox ficava no quarto andar de um velho edifício comercial da Marechal Floriano. Máquinas xerox. No plural, na verdade. Mais de uma.
Delírios & Delitos Design era um nome secreto. Não deu

para pôr letreiro na porta. A máquina de xerox mais comunzinha acabou servindo só para isso mesmo, tirar xerox. A topo de linha, que imprimia e copiava papéis em tamanho A3, inclusive em cores, total novidade da época, essa não serviu para nada mesmo.

É como acho que vou virar empresária de sucesso. Me associando ao Delírios & Delitos. Nem acho. Quero que os outros, mais precisamente o Arquiteto, achem que estou prestes a virar empresária de sucesso. É mais isso.

O Arquiteto vai embora, aliás sem sair do lugar, e eu no dia seguinte já tento pôr no lugar da criação de mundos, cidades, edifícios e apartamentos, alguma outra coisa. A Delírios & Delitos Design vem a calhar. Combino com meu amigo passar algumas horas lá, atendendo o público. Público aí significando toda aquela multidão desejosa de, no meio da tarde, antes de entrar para o trabalho, nos minutos que sobram na hora de almoço, se entregar a sonhos impressos, a paisagens feitas com ecoline e que não são paisagens propriamente, mas um ar. Como é o certo em paisagens. Se entregar ao ar.

Um ar para permitir ver.

Aqui, olha só, é madrugada, os liquens que descem das árvores começam a adquirir cor, saem do cinza. Como você pode também sair.

Ali, os troncos somem ao longe e se fundem num cor-de-rosa que, ok, eu também acho um pouco cafona. Mas cafona pode ter sua hora. E vê só esse nanquim, como vai sumindo, entrando, virando o próprio papel.

E olha só essa cor aqui.

Essa seria a multidão a fazer fila na porta, clamando por atendimento urgente.

Nós.

Somos todo um povo, nós, a saber da vantagem em ter cantoneiras florais em um pedaço de papel, guardanapo mesmo serve. Ou em levar, por preços módicos, uma imagem em acetato transparente que cola até com cuspe. E que pode mudar a maneira como se olha para a janela que dá para o poço interno do edifício onde passamos todos os dias, o dia todo.

Mas não.

A máquina copiadora comum, para papel A4 em PB, ainda atrai algum movimento. Pouco.

Meu amigo pensa em fechar a xerox e abrir um bar em Búzios.

"Ali sim tem gente rica."

E os desenhos, pinturas, liquens e pores do sol rosados podem continuar sua existência de ar, agora nascendo das bebidas servidas, sendo portanto mais fáceis de fazer. Quaisquer três caipiríssimas e o cara veria tudo isso e mais um pouco.

A ideia de fazer identidade visual de empresas, cartazes com dizeres inteligentes que as pessoas pendurariam na parede, projetos de mídia impressa, demora a morrer.

Desenhos geniais. Soluções gráficas inteligentíssimas. Eis mais um tipo de coisa que resiste, além de lojas que vendem sorte. Mas com o tempo, meu amigo achou que cartão de visita afinal também seria bom, desde que com a tipologia adequada.

Acabou fazendo só mesmo cópias de carteiras de identidade, contratos comerciais, ele atrás de um balcão das nove às seis, das nove às seis pensando em se suicidar.

Digo que das onze às cinco ficava eu, que ele saísse nessa hora, andasse na rua, tomasse um café. E adiasse o suicídio.

O suicídio ele adiou. O término do leasing da máquina ele antecipou. Ou tentou. Ou eu tentei.

"Vem cá, você ainda tem influência na Xerox? Um amigo quer devolver uma máquina em leasing, mas sem pagar multa."

João não tinha.

"Acho que nunca tive."

Mas antes houve o reencontro.

Mas antes houve o encontro.

Mariana se muda para meu apartamento com Gael e uns badulaques. Ela morava com outras garotas de programa em um apartamento da Lapa. Gael ficava com uma parenta numa casa em Madureira. Ela ia lá todo dia para ver ele. Algo aconteceu. Nunca soube nem perguntei. Mesmo morando juntas, continuávamos a falar pouco, eu de mim, ela dela. Algo aconteceu e Gael não podia mais ficar com essa parenta. Ou era Mariana que não mais queria que ele ficasse. Levar Gael para o apartamento das outras garotas não era viável.

Mariana ficou sem ter onde morar e sem dinheiro para pagar um lugar só para ela e Gael. Isso na véspera do dia em que falei, em frente a uma toalha de plástico xadrez vermelho e branco, se ela sabia de alguém que quisesse alugar um quarto em Botafogo.

Não que eu achasse que alugar o quarto fosse solução. Já disse. Não era. Mas eu ganhava um tempo. O aluguel do quarto pagaria o condomínio, luz, gás e telefone. E ainda sobrava um troquinho.

Mariana diz que ela mesma alugaria o quarto, caso eu aceitasse criança.

A próxima frase não cheguei a dizer. Seriam poucos meses, eu não ia conseguir manter o apartamento.

Mas ela fala primeiro:

"Serão poucos meses. Depois da virada do ano volto pra minha terra com o menino."

Só balanço a cabeça, espantada, as coisas se encaixando.

Um ex-vizinho de infância dela está abrindo uma agência de aluguel de automóveis para atender indústrias que se instalam nos arredores da cidade. Uma nova vinícola. Uma indústria de processamento de massa de goiaba para exportação. A agência atenderia traslados de e para o aeroporto, turismo regional, eventos empresariais e culturais. E o cara diz que quer coisa sofisticada, pessoas com traquejo de cidade grande. Falando um pouco de inglês, até.

Na época fico em dúvida se entra prostituição no pacote. Hoje estou convencida de que não. A foto de Mariana de terninho ao lado do carro de luxo é a foto de uma motorista que pode até levar o grupo de gringos para uma boate. Mas não é ela a prostituta.

Mariana é uma prostituta com filho pequeno, sozinha no Rio de Janeiro. Trabalha em um puteiro modesto de centro de cidade e acha que vai voltar para o lugar de onde saiu quase adolescente e quase expulsa (pela falta de perspectiva, pela gravidez) e que vai dar tudo certo.

Ela fala, concordo sem acreditar nem um pouco. Devia ter acreditado.

Ela descobre, ao lado da minha casa e sem que eu nunca tivesse visto, uma creche. Marca uma entrevista. Diz quem é. Diz que precisa de uma bolsa para Gael.

Vence isso também.

Dão.

E me vence.

Começa saindo cedo, Gael na mão. E volta tarde, Gael na mão, mal me cumprimenta e se tranca no quarto.

Por mim, tudo bem.

Ela tem a mesma aparência que tinha à mesa de toalha de

plástico xadrez vermelho e branco e que é uma aparência bonita e esquecível no momento seguinte em que sai da vista.

Aí tem um dia de fim de semana em que chego e ela está de luvas amarelas que vão até quase o cotovelo. Faxina na cozinha. O cabelo na cara e, ao lado, Gael alegre e pelado no chão molhado. Ela está de short e camiseta, sendo que a camiseta tem uma mancha, provavelmente de leite com chocolate, de Gael. E ela também está rindo, como Gael.

Estupefata de descobrir Mariana como uma pessoa, não tenho outra coisa a dizer.

"Tem uma mancha aí na camiseta."

Ela dá de ombros, olha para mim. Acho que essa é a primeira vez, de fato, que ela olha para mim ou que eu olho para ela. Tem sempre uma primeira vez em que as pessoas se olham. Ela ri. Eu também rio.

"Não faz mal."

Acabo de entrar, porque tudo isso se deu comigo ainda na porta. E passando por ela pergunto se precisa de ajuda. Diz que não.

Mas precisa. Não com a faxina na cozinha. Mas com Gael.

Aos poucos, combinamos.

Combinamos, nós.

Mariana sai bem cedo de manhã. Tem aula de direção profissional com exame já marcado para dali a umas semanas. Tem aulas de inglês em uma ONG que atende prostitutas. Nem vejo ela sair. Aí dou eu café para Gael e saio com ele para a creche.

A creche, espantosa.

Toda vez eu olho para suas paredes, espantada com o quanto a gente não vê. Nunca vi a creche lá onde estava desde sempre. Tem paredes pichadas. Mas é uma pichação falsa. De coisas redondinhas, bonitinhas, que é como as pessoas imaginam que seja a infância. Nunca tinha parado para olhar. Antes. Depois, fico com Gael na porta da creche todos os dias, esperando abrir, e olho para as figuras ridículas de tão fofinhas, meiguinhas, Gael com a mão na minha mão, também com cara espantada. Com a sua própria vida, com certeza, mas também, acho, com as mesmas figuras fofinhas.

O que dá no mesmo.

No fim do dia, Mariana chega a tempo de pegar Gael na creche e essa é a hora em que procuro não estar por lá. Então ela pode tirar a maquiagem no banheiro, apertar Gael num abraço apertado, forte, dar banho em Gael, pôr ele para ver alguma coisa na TV enquanto ela toma o banho dela, demorado, ela sentada no chão do chuveiro, os joelhos dobrados, os braços apertando os joelhos dobrados, e a água quente escorrendo tão boa, tão boa. Até que sim, se mexe, levanta, sai do banho. A comida que ela trouxe e que prepara. O pijaminha. E eu só aí então chegando, ela já pronta para um oi, oi. E o quarto, a TV baixinho ou no mudo, Gael dormindo na mesma cama de Mariana, a boquinha que escorre uma babinha e ela então, em alguma hora, consegue dormir.

Eu não.

Penso em Gael.

Até hoje, penso em Gael.

Gael de manhã, comigo.

Ele às vezes punha sua mão pequenininha em cima da minha mão, como um adulto poria a mão em cima da mão de uma criança, nós dois ao contrário, papéis trocados.

E ele olhava para mim, e tinha os olhos muito grandes e olhava para mim com a mãozinha em cima das costas da minha mão, como que para me acalmar, como que para dizer que todos nós somos mesmo muito frágeis, paciência.

Tenho uma saudade absurda de Gael.

Agora que olho o escuro da noite lá fora ou, antes, hoje ainda, ou ontem, ou mês passado, ou na rua no meio das pessoas, vendo TV ou fazendo qualquer coisa, quando por acaso bato os olhos nas costas da minha mão e vejo a mãozinha que me encobria a mão e os olhos que chamavam os meus para dizer que a gente é assim mesmo, eu choro. Sozinha, como uma idiota.

Ainda hoje. Sei lá há quanto tempo que é assim, e acho que não vai passar.

Ou quando acordo bem cedo.

Saíamos bem cedo, eu e Gael.

Gael acordava bem cedo e ia para a minha cama e ficava ao lado da minha cama, me olhando, e eu sentia a presença dele e acordava também. Ele tomava o leite dele e saíamos, mais porque não havia nada para fazer na casa. Nem móveis havia. Saíamos e andávamos, bem devagar, olha a florzinha, olha o cachorrinho. Até que já dava para ficar na frente da porta da creche, então ficávamos.

E num desses dias, paramos os dois na porta da editora. Era bem cedo. E Gael nem precisava muito que alguém o distraísse, ele se distraía com qualquer coisa. Ficamos lá parados os dois, de mãos dadas, ele olhando em torno como sempre fazia, e eu olhando a livraria da editora e mais do que a livraria. O que poderia ter sido a minha vida e não foi. Um entorno, um cenário de sucesso e realizações, que não estava lá e que vai ver nunca tinha estado. Ou era eu que nunca tinha de fato pertencido a um cenário de sucesso e realizações. E continuava não pertencendo.

Porque além de comprar apartamentos velhos, torná-los

absolutamente estonteantes de lindos, revendê-los e nos enchermos de dinheiro, eu e o Arquiteto também fazíamos projetos em imóveis já existentes.

Desenvolvemos um projeto para a livraria da editora.

Ele soube que a editora estava com um empréstimo subsidiado do BNDES, um dinheiro público derramado em cima da empresa para sua suposta modernização. Nominalmente uma salvação da falência iminente, mas ninguém acreditava nisso. Era mais uma ajuda para possibilitar a venda em condições favoráveis. Uma transferência, uma das muitas, de dinheiro público para interesses privados.

Por que não?

Modernizaríamos a livraria.

A ideia era mais minha.

E mantenho ela até hoje.

Que livrarias devem ter bem mais do que livros. Devem ter um ar livrístico, e sim, a palavra não existe, como também não existe o que imagino. Aliás, existe. Vim a reencontrar o projeto, me reencontrar, nos saraus da periferia de São Paulo, muito tempo depois. Mas o projeto não era de todo meu como também não é dos saraus. É muito mais antigo. Doidos existem desde sempre. No Cabaré Voltaire, os doidos da época achavam que poderiam combater a barbárie de uma guerra mundial com recitais de poesia, apresentações musicais, exposições de arte, em uma cidade que se declarava fora da guerra, como se pudesse existir isso, ficar fora de uma guerra. Eu achava que na Marquês de Olinda, que era fora de tudo, que era uma rua que precisava de muitas coisas e nenhuma delas era uma livraria, bem lá é que me seria possível ficar fora das consequências duradouras de uma ditadura e das consequências instantâneas de uma reforma econômica, ambas desastrosas. E isso graças a recitais de poesia, apresentação de autores, café, música. E sim, também livros.

As pessoas pagariam para entrar. Uma merreca. Uma taxa-poltrona. Que inclusive poderia ser abatida do preço dos livros, quando comprassem. Do café ou da bebida, quando tomassem. De vez em quando um funcionário leria em voz alta um trecho qualquer.

"Chegou hoje. Escutem só isso."

E depois deixaria o livro por ali, para que as pessoas folheassem.

Acho a ideia boa até hoje.

Mas para isso precisaria haver uma roleta na entrada, palco, mesinhas e menos estantes.

Para isso precisaria haver alguém que topasse.

"Com quem a gente fala para apresentar um projeto de modernização da livraria aí de vocês?"

"Modernização? O doutor João."

João não topa.

Não é que não tope.

Acho até que gosta da ideia. Aliás, tenho certeza. Meus desenhos, umas ecolines indo do amarelo para o vermelho com sombras em terra e qualidade ruim, ficaram com ele, sem que ele jogasse fora, esse tempo todo. Como vim a descobrir. Ou é de mim que ele gosta, o que me é ainda mais desconcertante. Eu, eu não posso me jogar fora. Os desenhos, esses vou jogar.

João guarda meus desenhos. Mas não topa.

Acho que porque não pode topar. Seu cargo não é para valer. É um fingimento necessário e caro para a boa conclusão de um negócio com muitos desdobramentos, inclusive políticos.

Ele não topa, e não vejo mais João.

Até aquela manhã muito cedo, eu e Gael parados na frente da livraria.
O Arquiteto tinha sumido.
Mentira (mais uma). Não sumiu.
Continua com seus lavabos, seu escritório de arquitetura, agora com uma substituta mais adequada a impulsionar lucros minguantes não só dele, mas do país inteiro: a valquíria loura. Filha de um psicanalista especializado em atender celebridades da Rede Globo. Conhece todo mundo. Morre de tédio. Ambas as coisas são muito chiques. Ela desenha muito mal. Tem pernas compridas.
É nela que penso, naquela manhã cedo, Gael na minha mão, nós dois em frente à livraria.
Nem vejo.

Nem vi.
João está do meu lado:
"Oi!"
"Ah, oi."
"Teu filho?"
"Não, da garota que mora comigo."
"Ah."
E no ah e nos três pontinhos que se seguem, a confirmação do que ele já sabe. Sou lésbica, o que ele notou por causa da irritação que qualquer um veria, entre mim e o Arquiteto, durante a visita profissional ao escritório dele uns meses antes. E sou lésbica também porque uso botas, calça preta de napa, camisa masculina sem sutiã, cabelo curto. E porque não escondo uma raiva do mundo que não há jeito de conciliar com qualquer ideia de feminino que ele possa ter.
Meiguice e carinho, ternura e delicadeza, batonzinho e

hihihi com a mão na frente da boca, enquanto tremo longas pestanas em olhos grandes e sonhadores.

Não eu.

Então, lésbica.

E, já que sou lésbica, resolvo aproveitar e bato duro.

"Aliás, precisamos retomar nosso papo. Mesmo que não dê para fazer o projeto todo, do jeito como apresentamos, poderíamos ver se pelo menos alguma coisa daquilo é viável."

E minto através de olhares otimistas, necessários para legitimar minha presença inerme em frente à livraria naquela hora da manhã:

"Uma livraria tão boa."

"Claro. Marca com a Sarita."

Depois, nas nossas tenteadas mútuas que então se iniciavam, há mais perguntas.

Se eu moro perto.

"Moro. Aliás, não por muito tempo."

"Por quê? Não gosta do bairro?"

"Vou ter de pôr o apartamento à venda."

Inclusive, a moça que mora comigo está voltando para o Nordeste.

"E faz o quê, a moça que mora com você?"

"É puta."

Outra puta.

Ao contar sobre essa, João fala pela primeira vez de Cuíca.

Cenário: Hotel Normandie. Não existe mais. Nos fundos, a Kilt. Também não existe mais. O que existe é a cena, que se repete e repete, com pequenas variações acho que até hoje, embora me pareça uma coisa assim tão antiga, tão fora de moda, isso tudo. Uma coisa assim meio que de idiota. Ou de vacilão, como foi o caso.

João vacilão não presta atenção nem pensa na vida.
(Minha autoria.)

Mas sim, outra puta. A que me fez saber da existência do Cuíca.

O voo do Rio para São Paulo será emendado com o trabalho normal do dia. De manhã, eles já vão com suas maletinhas para a firma e de lá, direto, sem passar em casa, para o Santos Dumont.

Dessa vez, três: João, Cuíca e mais um, Pedro.

Vão rodar testes de performance de emissão automática de correspondência em um dos clientes da firma, um banco.

Saem direto e tarde do Rio. Estão com fome.

Chegam no Normandie num mesmo táxi e já combinam. Sobem, largam as maletinhas e vão jantar. Uma demora de quinze minutos, calculam.

E quando Cuíca desce, já desce com a garota. Faz de propósito. Tem um senso teatral desenvolvido. Quer ler na cara dos outros o espanto:

"Mas como ele conseguiu em quinze minutos?"

Fácil.

Sempre pede andar baixo. Quando caçoam, retruca:

"No incêndio, quem vira torresmo é vocês. Eu pulo da janela e caio de pé sem amassar a calça."

Depois conta.

Chega no quarto, abre a janela. A garota ali na rua. Os saltos altos, a saia curta e nem precisa se virar que Cuíca já sabe: o decote.

"Psiu."

"É, você mesma."

"Quer subir?"

A Kilt logo ali.

Liga para a portaria. Uma amiga vai subir.

"Qual nome? Sei lá qual é o nome, porra."

No quarto, Cuíca abre a porta com dois copos já com gelo e uma dose da vodca do frigobar. Para o esquenta. Deixa a porta entreaberta, para indicar que não ia rolar nada. Não nesse primeiro momento.

Ela senta na cadeira, ele senta na cama. Ficam bebericando, se olhando e rindo.

"E aí?"

"Pois é."

Mais risadinhas, mais um golinho.

Cuíca diz que vai jantar com uns colegas, se ela quer jantar. Ela quer. Descem. A saída do elevador é retumbante. O elevador chega, os dois outros ali já esperando, Cuíca demorando, eles com fome. O plim da chegada, eles olham. Quem sabe agora é ele.

É.

Sai a garota, os saltos, a saia curta, o decote, a risada presa na boca. E atrás, em triunfo, Cuíca.

"Essa é a."

Shirley, Vanessa, Lara, Giselle, Priscilla, Liane. Nicka.

Com exceção de uma, a Lorean, João não guarda o nome de nenhuma das garotas de programa com quem trepou.

Vão, os quatro. Um mesmo táxi outra vez, João e Cuíca apertando a garota no banco de trás. Pedro no banco da frente com o motorista.

Restaurante de luxo, já dentro da diária paga pela firma, menos as bebidas. A firma não incentiva o consumo de bebidas alcoólicas entre seus funcionários, a frase vem pronta e é repetida, sempre com cara de saco. Pedem à parte, então. Pedem à parte também a conta da garota, que será dividida entre os três. Menos problema na apresentação dos recibos de despesas.

Acho que pode ter sido uma churrascaria.

Faz sentido, uma churrascaria. Não só por ser churrascaria. Carnes à mostra e tal. Mas por ser um clichê de carnes à mostra. Mais um. Esse linguístico mesmo. Porque acho que isso de clichês, banalidades, estereótipos, é a cara que eles têm quando buscam o inesperado, a transgressão.
Churrascaria, pois. E uma específica. Uma churrascaria de luxo que havia nessa época em São Paulo. Nunca fui. Ouvi falar.
A pessoa chega e o garçom vem mostrar, em uma tábua de madeira de lei, o pedaço de carne que o chef recomenda para aquela noite. Trazem o tijolo de carne vermelha crua, em cima da madeira chique, o garçom com o nariz em pé, arrogante, mostrando um pedaço de carne que deve ter sido tratado antes com alguma química, uma maquiagem, na cozinha, para que não escorra sangue, pingos vermelhos formando uma lama pelo chão do restaurante, pessoas escorregando. Ups!! E lá vai um cliente de pernas para o ar. Não. Claro que não.
O garçom traz aquilo, que não pinga, e o comensal assente levemente com a cabeça indicando que o pedaço de carne é satisfatório. O garçom leva a coisa de volta para a cozinha com o mesmo nariz em pé com que chegou, o nariz em pé de quem mostra algo exclusivo, chique mesmo, coisa muito exclusiva e cara e de luxo, que só mesmo alguém muito exclusivo e rico e luxuoso pode pagar.
Quando vejo a cena dos três mais a garota, é nesse restaurante que vejo. Todos tão chiques.
Porque a garota senta e eles fazem o ritual do vinho e da carne sangrenta e uma vez tudo estabelecido, quem é homem (os que falam com o garçom), quem é rico (os que falam com o

garçom) e quem está lá para servir (a garota e o garçom), todos ficam na mesa, esperando os pratos.

E dizem, entre eles, como se a garota não estivesse presente, que o peito dela parece de silicone.

Ela nega.

"Não é não."

E ri.

"Olha que é, hein."

Ela ri mais. Balança o peito.

"Não é."

Finge que chama o garçom, com o braço bem levantado só para balançar o peito mais um pouco.

E ficam nisso, eles dizendo que é de silicone, ela dizendo que não é.

E ela acrescenta:

"Podem pegar pra ver."

E é claro que nesse restaurante tão chique de São Paulo, com pessoas tão finas como eles são, em que cada um escolhe de antemão, só com a vista, seu pedaço de carne crua, ela fala isso sabendo muito bem que ninguém vai pegar o peito dela, não assim, na mesa, com a mão. Imagine.

E mais risadas e mais provocações.

E comem.

E deixam um pouco porque são tão finos e educados e não comem tudo, nunca. João também. Em que pese a Olaria do seu passado.

Saem.

Outro táxi, o mesmo aperto, agora com Cuíca, magnânimo, no banco da frente.

"Pode ir. Pode ir, cara. Depois eu compenso."

No hotel vão todos para o quarto do Cuíca, designado que foi como sendo o quarto-base de operações, a sede. O acampamento militar.

Mais frigobar.

"Pra rebater."

E mais brincadeiras. É de silicone, não é de silicone. A garota abaixa as alças da blusa. Não tem sutiã. O peito, solto, redondo. E anda em cima de seus saltos tão altos, a blusa abaixada, caída na cintura, com o peito nu, de cá para lá no quarto, o peito balançando. Ela põe as mãos com os dedos trançados atrás da cabeça, os cotovelos para o alto, o peito balançando.

Pouco.

É de silicone.

Antes, no elevador, já havia dito que, com os três ao mesmo tempo, não ia rolar. Que seria um de cada vez.

Depois ela senta, cruza as pernas, sempre com a blusa abaixada e espera. É a hora do planejamento, do cronograma, do trabalho em equipe, do detalhamento do projeto.

Quem, quando e em qual quarto.

João acha que a garota joga um charme para ele. Que o que ela quer é ir com ele. Ou pelo menos, ir com ele primeiro.

Se a garota faz um abatimento porque são três.

Pacote promocional. Porque agora se trata de uma transação comercial como outra qualquer e o que vale não é o tostão a mais ou a menos, mas a superioridade intrínseca de quem leva vantagem em uma negociação.

Fazem isso enquanto olham para a garota e riem.

Ela diz que tudo bem.

"Tudo bem."

Tudo mal. Estão nervosos.

Já estavam antes de ela topar o abatimento, a proposta de abatimento na verdade só uma maneira de ganhar tempo.

Ficam mais por ali, sentados. É preciso levar vantagem com

a garota e é preciso levar vantagem entre eles, cada um deles precisando ficar em vantagem em relação aos demais.

É esse o problema.

A garota flerta com João.

E então acontece.

João amarela.

João amarela.

Na cabeça dele, os outros lá, a garota, João faz um filminho.

Tinha ficado estabelecido, dada a óbvia preferência dela de iniciar os trabalhos com João, que João seria o primeiro.

Mas aí tem o filminho.

Seria assim.

Os outros esperariam no quarto de Cuíca enquanto João vai para o quarto dele com a garota.

João trepa com a garota.

João volta com a garota para o quarto do Cuíca.

João bate na porta do quarto do Cuíca.

Abrem.

"Acabei. O próximo."

E as brincadeiras.

"Pô, cara, uma gata dessas e só quinze minutos?!"

E as perguntas, no fim da noite, o programa acabado:

"E agora o escore, gata. Vamos lá. Em ordem crescente de eficiência."

E o resto todo que sempre há entre eles. As brincadeiras. As agressões disfarçadas de brincadeira.

João amarela.

E diz:

"Ó, tou fora, gente, vou pro meu quarto."

Fala isso enquanto os outros dois estão lá rindo como bobos

enquanto fingem discutir detalhes, porque não é só João que não sabe como começar, como agir. Eles também não. O que eles sabem, e João não, é fingir que sabem.

João diz que está fora.

Os outros param, sem saber o que fazer.

João vai embora para o quarto dele com um silêncio pesado atrás.

Depois fica sabendo. A garota sai logo depois.

Sobe a blusa, levanta da cadeira, pega a bolsa e, na porta do quarto, diz, entre irritada e brincando:

"Vocês são tudo uns vacilão."

A frase com o português errado vai ser a frase que Cuíca repete e repete, para todo mundo, várias vezes, ao contar e contar o episódio por meses a fio nos grupinhos do café, nos almoços, viagens.

Uma coisa assim de meninos.

É o que João diz, ao me contar o episódio. Que garota de programa é uma coisa, assim, de meninos.

Que se eu visse a cara dos três ali, no quarto do Cuíca do Hotel Normandie, rindo risinhos e olhando a garota andar com o peito de fora, eu perceberia isso na mesma hora.

Lola também perceberia.

Meninos, apenas, que não sabem o que fazer, o dinheirinho na mão, na frente da vitrine de doces da padaria.

Só isso.

Uma coisa assim de menininhos.

É o que João acha importante no episódio. A cena dos três

rindo no quarto e olhando a garota, sem saber como agir. Como meninos.

Já o que fica para mim, é outra coisa.

O que fica para mim é a competição implícita que acho que sempre teve entre João, Cuíca e os outros da ex-firma dele.

Não que ele tenha me dito muito. Nem do tema menino, nem do tema competição.

Eu é que vejo.

Não é só João que passa seus filmes.

Eu também tenho essa mania de passar filmes, fazer filmes, hoje, agora, e já nessa época, pulando com uma perna só na amarelinha das eneidas que se dissolvem em uma multidão de virgílios. Ou pulando na camisa branca de João, que só fica realmente branca na meia hora que a luz da janela leva para sumir, antes que a luz do teto seja acesa. A meia hora em que o branco quase fosforescente anda na minha frente de cá para lá, como a garota de peito de fora andava na frente de João.

Me incluo na cena que João conta com poucos detalhes.

Preencho os detalhes que faltam, virgílio com jota que sou. E discordo.

Não são meninos. São vorazes concorrentes.

Por exemplo.

Pedro é chamado de Little Cow (Bezerra). O que tudo bem se ele não fosse pequeno, gordo e com cara e gestos lentos, olhos grandes, parados. João não sabe disso, ou nunca me disse, mas acho que ele também ganha um apelido. E nesse dia mesmo.

Vacilão.

As pessoas acertam sem saber que acertam. Porque João desiste da garota de programa do Normandie, e isso todo mundo na firma sabe. O que não sabem é que João telefona para Lola, sempre que chega nos hotéis, assim que sobe no quarto.

"Oi, querida, tudo bem? Cheguei bem."

Um cara que liga para a mulher quando chega nos hotéis, hahaha.

Ririam.

Telefona para a mulher e sai para trepar com uma garota de programa. Não ririam.

E eu, na minha posição de lésbica e mulher vivida que inclusive mora com puta, posso entender isso. Lola só não entende porque é burra, limitada.

João não quer se separar de Lola.

É o único momento da vida em comum deles em que Lola existe para João.

Existe pelo negativo.

Pelo negativo é o único momento em que mamadeiras existem para os bebês. Quando atrasam, quando faltam. Quando causam desconforto. Quando estão lá do jeito como devem estar, elas são apenas uma continuação do ambiente e do próprio bebê. Não existem.

O choro é de irritação pelo fato de o poder total, narcísico, ser contestado.

O tema do poder.

O tema do poder entre prostituta e cliente é o que menos emplaca, nas nossas conversas no escritório.

Minha culpa. Quando o tema ensaiou se estender, cortei:

"Para mim, vender a buceta ou o bíceps é exatamente a mesma coisa."

Faz parte do que tento ser, na época. Brava para caralho. Tinha ouvido a frase e a repetia sem pensar muito, a dureza da frase, seu impacto, servindo para que eu não tivesse que pensar na frase.

Funcionava. Para mim e para quem escutava.

Digo a frase. João se interrompe e fica lá, a boca meio aberta.

Depois vou parar de repetir a frase. Começo a achar que ela não é assim tão boa.

Mas naquele dia ainda digo. João se interrompe não pelo mesmo motivo pelo qual vou parar de dizer a frase. Para mim, comparar buceta com bíceps tem a vantagem de obliterar minha fragilidade. Passo a ter um bíceps instantâneo.

Para ele, a comparação produz efeito contrário. Aponta sua fragilidade. Porque uma coisa é ele discorrer, a partir de sua posição de macho, sobre um eventual poder feminino. Ele, bem firme, discorrendo paternalisticamente sobre a possibilidade do poder de uma prostituta.

"Pois ela tem algo que é desejado, e pago, pelo homem."

O olhar vago, o que é quase sinônimo de inteligente, a expressão paternalista.

Outra coisa bem diferente é ele se ver igual à prostituta. Ele à venda. Ou seu bíceps-buceta.

Nunca mais volta ao assunto.

Não sei se com Lola ele volta. Se tiver tentado com ela o que tentou comigo é possível que incorpore minha comparação bíceps-buceta na sua lenga-lenga. Deve ter sido engraçado. Ele atuando uma suposta igualdade que jamais sentiu.

O tema da competição.

Se o tema do poder prostituta-cliente mal aparece e já some, o da competição entre os machos, esse nunca apareceu. Eu é que acho que existia.

Ou a competição entre os machos e a fêmea, igual.

João não fala disso. E é o que mais o explica. Acho. João precisa ser mais entre os colegas. E com Lola. Precisa chegar das viagens e olhar Lola com o olhar superior de quem viveu algo que ela não sabe, e esse não saber, tanto quanto o conteúdo do que ela não sabe, a humilha e a anula. João precisa disso.

Mas não fala.

Nunca percebeu, acho. Nem que se trata de uma competição, nem que, com Lola pelo menos, na competição com Lola, quem perde é ele.

Acho que antes de morrer percebe. E que é por isso que morre.

Pior, percebe que não havia competição porque para isso precisaria de pelo menos dois a competir.

E Lola não compete. Aliás, é tão transgressora quanto ele. Podia ter sido uma companheira. Aliás, ela, as garotas de programa, eu. Igual. Mas para isso, João teria de olhar para o lado.

Nunca olhou.

De Lola, fico sabendo disso assim que a conheço.

Não tive vontade de conhecer Lola.

João falava que ia me pôr em contato com ela. Ameaçou várias vezes.

"De repente sai uma coisa aí que pode ser boa pra você."

Como eu desenhava e gostava de imaginar usos e aproveitamentos para imóveis, poderia sugerir e administrar pequenas obras que às vezes apareciam na imobiliária. Novos proprietários em busca de reformas.

Não ia dar certo. Eu já sabia. Nunca eram as mesmas reformas.

Mas conhecer Lola valeu o resto.

Minhas reformas.

Todas externas (fora de mim). As mais fáceis.

Primeiro exemplo.

Se a pessoa tira esse armário embutido, terá, todas as noites ao se deitar, os traços feitos e refeitos, em movimento, traços não prontos, nunca prontos, do que o bairro foi, antes de virar bairro. Traços desenhados na parede branca em frente à cama. O apartamento é em andar baixo e de frente. E o maior trânsito é de carros que viram na esquina da rua. Então, a luz dos faróis lá embaixo bateria nas plantas que ficam aqui na janela projetando a sombra delas na parede em frente, perto do teto.

Serão sombras que se mexem, em silêncio e devagar, enquanto os carros se mexem, na curva que fazem lá fora. É um comentário. É uma vingança. E é uma certeza: foi assim antes, tornará a ser um dia.

Ninguém quer abrir mão de um armário embutido.

Ninguém sequer espera eu acabar de falar, mostrar, dançar junto, olha, é assim que pode ficar.

Segundo exemplo.

O boxe do chuveiro do apartamento do último andar pode ser todo em tijolo de vidro, porque o boxe dá para o poço interno do edifício e ninguém nunca vai ficar nem sabendo que a parede foi substituída por tijolos de vidro.

E os banhos de chuveiro, então, serão ao sol, o sol no corpo, e a toalha secaria ao sol e ficaria com aquele cheiro bom de toalha quando seca ao sol.

Muito caro, tijolo de vidro.

Terceiro exemplo.

E o corredor, estreitando um pouco, comporta um jardim vertical.

* * *

Quarto exemplo.
E uma impermeabilização com manta e piche no piso da sala inteira permite canteiros, isso mesmo, canteiros de flores no chão, a pessoa andando por entre flores.
A lista continua.
Nunca ninguém quis.

Digo que de repente não quero.
Mas ele insiste.
João, ao sugerir que eu me encontre com Lola, para que Lola me apresente aos outros corretores, para que eu faça obras de reforma nos apartamentos vendidos pelos corretores, quer que eu ressuscite, não isso, e aquilo, porque isso e aquilo nunca morreram, nunca saíram da minha cabeça, a cada lugar que vou.
(Mas tira essa parede entre sala e cozinha e aí um pode tomar vinho no sofá enquanto o outro escorre a massa, o molho já pronto, sente só, manjericão perfumando o apartamento inteiro.)
Não isso, porque isso eu tenho a cada lugar que vou. Automático. Involuntário.
Então não seria um ressuscitar, já que nunca morreu. Mas o que eu iria ressuscitar é a cara dos outros, a incompreensão total, que eu tornaria a ler na cara dos outros.
Daquilo que eu sou.

Então hesito em ir.
Porque sou assim, hesitante. Tento rir.
Ele não acredita.
"Sou sim."

E não digo:

Não quero e não é só por causa das garotas de programa a desfilar entre a mesa de mogno e o sofá de couro onde me espicho, as botas, a calça de napa preta, o copinho de plástico com o uísque caubói, a cara de brava para caralho. As garotas sendo o antônimo de Lola.

Mas também por causa da cara opaca de quem acha que números produzem significados, e que era a cara de quem eu iria encontrar a cada novo apartamento onde eu entrasse.

Mas não que eu tivesse escolha.

Então adiei, adiei e um dia acabei indo.

Lola também deve ter, corretora que é, esse lance de ver, nas casas em que vai, socialmente ou a trabalho, o que não está lá e poderia estar. Não sei se mostra, se aponta. Não sei se se dá o trabalho de mostrar, de apontar.

"Veja, aqui, sem a parede. Lindo, não?"

Não sei se, mais esperta do que eu, sabe que não adianta mostrar, apontar.

Não veem. Nunca.

Seria um ponto em comum. Acho que foi. Casas e apartamentos que não estão lá, não são o que se vê. Não só casas e apartamentos. Nós também.

Mas havia mais um a achar difícil.

Não era só eu. Ou Lola.

João também devia achar difícil essa aproximação que, no entanto, ele mesmo propunha. E mesmo que não percebesse, como eu também, que só vim a perceber depois, as afinidades entre nós duas. Afinidades sendo uma dificuldade a mais, e não uma facilidade a mais.

Porque ele fala várias vezes que vai marcar, e não marca. Até que marca.

Acho que um encontro meu com Lola significava uma exposição que ele preferia não ter. Eu o conhecendo através das garotas de programa, teria, através de Lola, um outro retrato dele. Outro ângulo. Um desenho cubista. Ele de frente e de costas e de lado.

Por motivo parecido, ele também hesita em conhecer Mariana.

Digo a mesma coisa várias vezes:

"Qualquer dia é dia. A gente sai daqui e vai. Nem precisa marcar."

Mas não vai, não naquele dia.

"Hoje não."

Até que vai.

Eu também achando difícil João e Mariana, lado a lado.

João acha que meu apartamento pode de fato ser interessante para o que ele quer. Ficaria bonito depois das obras, iminentes. O condomínio é barato, e se trata de um óbvio bom negócio, com a valorização que viria depois. Além disso, não pode haver melhor localização para o que pretende, e que é continuar seu jogo com Lola. Vencê-la, ainda que na modalidade dardo à distância, ou seja, em outro apartamento. Outro, mas perto.

O problema para ir, ver e fechar o negócio é Mariana.

Dizer:

"Muito prazer, sou o João."

"Prazer, Mariana."

A mão estendida, a cara limpa, sem personagem algum a proteger rostos e corpos. João fazer isso com uma garota de programa existente, ali na frente dele em carne e osso, igual a ele, uma pessoa igual a ele. E não uma tela, perfeita, anônima e inexistente, e que não sumiria rapidinho uma vez a porta de saída transposta.

Eis uma coisa difícil.

Então, enquanto não resolvíamos nossas dificuldades, continuávamos.

Na mesa, tampando parte do Fernando Pessoa, estava nosso álibi a cada dia mais amassado, mais bobo, os meus desenhos da reforma da livraria do térreo.

E, fora do foco amarelo da lampadinha, as garotas que terminavam submersas na expressão filosófica que acompanhava a frase:

"Porque tem dessas coisas, sabe."

E depois vinha o silêncio.

Foram muitas.

Algumas:

A do cavalheiro gentil.

"A garota abaixou a saia que o cara tinha puxado para cima, isso no meio da boate. Um cafajeste. Ela abaixou devagarinho, olhando para mim com olhar súplice. Não abaixou de todo, como criança que não consegue arrumar direito a própria roupa. Ela estava de fio dental."

Aí João acaba de abaixar a saia para ela e depois sai com ela. E no caminho já vai levantando a saia dela de novo.

A da Hello Kitty.

Uma Hello Kitty tatuada onde deveria haver pelos e não há, nenhum, faz com que a bonequinha, que nunca teve boca, adquira uma.

"Ficou estranho. Parecendo mais um gato, uma boca de

gato, do que de gente. Certo, de boneca. Ok, a boneca se chama Kitty, portanto tem a ver com gato. Então tá. Eu devia ter achado tudo certo."

A do terno amassado.
Mais uma vez direto do trabalho, sem passar no hotel.
João tira a roupa e põe, muito bem dobrada e em ordem, como acaba sendo seu hábito desde aquela pré-história no banquinho da sauna pobre típica de Brasília, em cima de uma cadeira. Mas o terno escorrega e quando ele acaba de trepar e vai pegar o terno, está amassado.
Fica aborrecidíssimo.
Costuma sair de todas as trepadas assim que acaba, meio ríspido, um mau humor assim que acaba. Nesse dia o mau humor é maior ainda.
É quase estúpido com a garota, uma raiva do mundo, dela, do terno, do trabalho onde se comporta como um boneco bem--ensinado. E bem-vestido.
Como assim, vai ter de sair na rua com um terno todo amassado?
Dá um soco na parede.
Fica com os dedos inchados e doloridos por quase uma semana.
Depois, em casa:
"O que foi?"
"Nada, uma gaveta lá no trabalho."

A do talão de cheques.
De uma das garotas da Kilt, João só lembra do talão de cheques.

O ritual do banho pode ser assim ou o contrário. Primeiro João ou primeiro a garota. E a garota começa a tirar a roupa ainda no quarto, vai rebolando para o banheiro, toma um banho, sai enrolada na toalha e tira a toalha teatralmente, se deitando em geral com a bunda para cima, o sorriso mecânico de acolhimento. Aí a educação manda que João já esteja com o pau meio duro, e é ele quem tira a roupa, energicamente, bem macho, tira toda a roupa, e vai, decidido, macho e nu, embora consciente da sua bunda branca de macho não atlético se arrastando atrás dele, para o banheiro, e toma o seu banho. Quando sai se joga em cima da garota porque o suposto é que ele esteja cheio de tesão. Em uma das vezes em que cumpre esse script, trepa, acaba a trepada, se veste, a garota já está paga de antemão, como sempre em dinheiro, ele vai embora e não sabe a razão.

Não consegue atinar a razão.

Porque não costuma fazer isso.

Mas justo dessa vez averigua o talão de cheques que está no bolso do paletó do terno. Averigua o talão assim que chega em seu hotel.

Faltam duas ou três folhas, lá pelo meio.

Quase não dorme até o dia seguinte, revisando na cabeça todo o processo de avisar o banco, bloquear os cheques e os filminhos na cabeça, a garota comprando sabe-se lá o quê. Lingerie caríssima? Cocaína? Ou tentando descontar uma quantia grande de dinheiro na boca do caixa do banco de João.

Desconfiam e chamam o gerente.

"Pois não?"

Pior, a garota chantageia João:

"Quanto preu devolver os cheques sem telefonar pra firma, pro banco, pra tua mulherzinha?"

E ele a noite inteira fazendo histórias para justificar o bloqueio dos cheques para o gerente do banco, para Lola, ou justificar, uma outra estratégia, a posse inicial dos cheques pela garota, ele obsessivamente inventando histórias.

Aí, imagine você, aconteceu que.

Ou que.

Qualquer coisa que não inclua uma trepada com uma garota de programa.

Nunca acontece nada.

Os cheques não reaparecem, ninguém tenta descontar ou comprar nada com eles, João fica quase achando que se enganou. Ou que não é a garota. O paletó o dia inteiro pendurado em uma cadeira de escritório, algum colega pregando uma peça.

Cuíca.

Há mais.

Há as que ele conta ainda menos do pouco que conta de hábito.

A do dia da visita de Lola.

Lola, grávida.

Acho, isso. Nunca soube assim, por inteiro.

Mas João ia com frequência para períodos mais longos a São Paulo, e ele me diz que Lola costumava visitá-lo em fins de semana, no meio dessas estadas mais longas.

E também sei que Lola, bem, ficou grávida, já que tem um filho.

Acho que, sim, Lola visitou João estando grávida do filho.

Vai não porque a estada seja considerada um afastamento muito grande dentro do afastamento geral deles. Não. Vai porque Lola acha que vai gostar de ir. Estando sempre tão longe de João, mesmo quando estão juntos, podia ser que, por estar longe geograficamente, consiga a impressão de chegar perto. Pode ter sido essa, a razão.

E acho que João, nem por Lola ter ido, mudará alguma coisa do que já é um hábito.

Continua, ele, a fazer o que sempre faz.

Então pode ser assim.

Passam um fim de semana juntos. Domingo, fim do dia, João põe Lola num táxi para Congonhas, adeusinhos, o táxi vira a curva, João também se vira, nem sobe. E vai catar uma garota de programa.

João resolve qualquer hesitação que porventura sinta ao me contar/não contar isso, como sempre resolve tudo.

Primeiro tenta teorizações.

Depois, vencido, encerra:

"Não sei."

Diz que não sabe o motivo de ir, Augusta abaixo, em busca de garotas de programa que agora são todas da Kilt. Que não sabe o motivo de ir, nesse dia em que Lola acaba de sair da sua frente. O motivo de ir em nenhum dia.

Lola sai de lá com a sensação de não saber, também ela, muito bem por que foi.

E volta.

Lola volta naquele dia de São Paulo, ela e sua barriga.

No dia seguinte, vai à praia. Ela passeia na praia, na época da gravidez, todos os dias de manhã. Faz bem para a barriga, disseram.

Está com um biquíni, um chapéu e uma canga em que se enrola, salvo quando já está perto da beira da água. Aí tira a canga. Fica só de biquíni e isso não quer dizer mais nada, não é mais um choque para ninguém, a barriga grande, em cima de um biquíni. Mas já foi. Ela anda, nem sei se sabe, por cima de outros passos.

Anda de frente para o sol, primeiro.

Faz isso para aproveitar, ao chegar na praia, o sol ainda baixo. Aí, na volta, com o sol mais alto, ela estará de costas para ele. Incomoda, mas incomoda menos. Mesmo com o chapéu.

Então ela volta sempre em companhia da própria sombra à sua frente. Além das outras.

Há outras.

É nessa praia, a de Copacabana, que Lola aprende a nadar em criança. A família costuma ir nos fins de semana, com coisas para comer, as quatro filhas, as mais novas com o vexame adicional de serem limpas às chicotadas de toalha, para que a areia não asse bundinhas e xoxotinhas, antes de se vestirem para ir embora, metade da tarde. Para que a areia não suje o carro.

Desde a chegada até a metade da tarde, Lola fica dentro da água. Foge para a água. Ela chega, larga as coisas, vai para a água e nada. Reto. Em direção à África.

É o que a mãe fala. Que ela queria ir para a África, quando criança.

O que tem mais de um sentido.

A mãe pinta os cabelos, que já são muito pretos, de um preto ainda mais preto. Tem horror a cabelos brancos.

Lola e João criam um apelido. Chamam a mãe de Lola de Graúna.

Às vezes nem Graúna.

Só Asa. Como na frase.

"Vou telefonar pra Asa."

A mãe se chama Zaira. Fica parecido. Esse lance de etimologia, quando palavras parecidas, embora com significados diferentes, acabam sobrepondo significados. Nem só palavras e nem só em etimologia.

* * *

Às vezes nem asa.
O destino inevitável dos mitos. Nascem mitos. O preto como parte de um mito, de um mistério, terror, como parte de algum ritual encenado e reencenado e que mantém, em todas as encenações, esse preto como signo do terror e mistério.

Aí, depois de um tempo, o preto vira símbolo. Sai do mito. Se espalha.

É uma diluição, mas é também uma concentração, de certo modo. Concentra, por um tempo pelo menos, um mito inteiro, esse preto.

Depois, com o passar de mais tempo, mais uma diluição. Vira metáfora.

E essa metáfora é diluída da sua força inicial não só por ser metáfora, uma reles figura de linguagem. Mas porque, como no caso em questão, a da graúna, vem acoplada a algo bem anódino. Uma asa. Ou seja, aquele mistério e horror voando para bem longe.

É o momento de mais uma redução, a geográfica. Graúna, só no Brasil.

E, no fim dessa ladeira abaixo, o golpe de misericórdia, a metáfora vira adjetivo.

"Não sou tão graúna quanto minha mãe e minhas irmãs, e essa é minha única qualidade física, segundo eles."

Segundo João, não só Lola não é tão graúna, infelizmente, como também não tem asa. Infelizmente também.

Mas isso sou eu, que não gosto de mitos, nem os próprios nem quando vêm com seus outros nomes, nas várias etapas da inevitável derrocada.

Daria um estudo sociolinguístico. Mais um.
O preto da graúna.

E outros pretos.

Lola é alourada como o pai. É alta, magra e loura.
Então, ela nadar em direção à África, quando criança, traz esse agravante. A mãe tem horror que Lola, a mais branquinha, queira nadar justo em direção à África.
Lola não tenta mais ir para a África, ao andar com sua barriga na areia.
Vai em direção à sombra que fica na sua frente e que é um envelope escuro que aceita, inclui, sua barriga. Sua barriga incluída, não destoante, na forma alongada que balança. O nenê incluído, pelo menos nessa hora.
Lola tem ansiedades, mas no geral está contente.
Nesse dia, Lola anda na praia contente. Com o bebê e com o resto. Acha que as coisas estão bem, afinal. Que ela está mesmo feliz.
A visita a João em São Paulo foi legal, acha ela.
Treparam, saíram para jantar, passearam.
Lola deu adeusinho até João sumir do vidro de trás, o táxi virando na rua.
Ela, Congonhas. Ele, a garota de programa.
As garotas de programa de João são todas morenas.
Diz que é o que aparece. Que é por acaso.
"Só um acaso."
Não acho que seja.

Outros acasos.
E esses, acho que o são.
"Olá."
"Olá."

Mariana me diz olá quando chego, sem interromper o jogo.

Fez amizade com um grupo de garotos mais novos do que ela. Um pouco mais novos. Jogam RPG na escada do edifício nos fins de semana. Mariana traz cartas de Magic com ela, quando vem para o apartamento. Traz uns bagulhos, nada a que ela dê muito valor, e mais o pacote de cartas, embrulhadas cuidadosamente em lenço de seda. Gael não tem licença de mexer nas cartas.

"Pode estragar."

São lindas.

Mariana faz amizade com os meninos, alguns do prédio, outros dos prédios vizinhos, em pouquíssimo tempo. É um espanto para mim vê-la, em poucos dias, os cabelos molhados de um banho, chinelo de dedo, camiseta velha, sentada no degrau da escada com a porta do apartamento aberta, Gael ocupado por perto com lápis de cor, com um desenho na TV.

Aprendo algumas coisas do jogo.

A mágica, ela administra bem sua mágica.

Atributos, ela tem vários atributos, que podem mudar a cada sessão mas que são atributos que ela sabe usar bem.

O que eu já sabia.

E ela tem várias vidas.

O que vou passar a saber.

E ela aceita que haja acasos, e isso vou precisar aprender.

"Se você souber de alguém que queira alugar um quarto em Botafogo, fala comigo."

Mal tínhamos trocado uns bons-dias antes disso. Mariana olha para mim, os olhos arregalados, mas não muito. Depois aprendo que ela considera essas coisas normais, essas soluções que aparecem por acaso quando tudo parece perdido.

Se ela pode ir com um menino novinho. Quando pode ir. E que será por poucos meses.

Quase digo:
Como é que você sabe que serão poucos, os meses.
Mas serão poucos meses por causa dela também. Não é só porque não tenho a menor possibilidade de bancar a obra do apartamento e terei de vendê-lo. Mas também porque ela vai voltar para Petrolina. Vai aceitar o convite do ex-amigo de infância. E aí escuto Mariana dizer isso da mesma maneira que João escuta as histórias em que quer acreditar mas acha que não deve.
Imagina se vai dar certo.
O ridículo que é acreditar que uma puta com filho pequeno possa voltar para Petrolina com o nariz em pé e trabalhar como motorista de alta classe em traslado de aeroporto, eventos, turnês de artistas, excursões turísticas. E que vai dar tudo certo, ela em um dos apartamentos dos edifícios novos que constroem em bairros de classe média, o menino na escola.
"Ah, cheguei a morar no Rio por uns poucos anos."
Um desdém por quem não morou.

Um desdém que é mesmo grande.
Acham que ela esnoba quem por lá ficou.
Esnoba os outros porque morou no Rio de Janeiro.
É mais do que isso.
Ela entra no carro de luxo e não faz como ensinaram. Que é girar o corpo. Pôr primeiro a bunda no assento estofado. Depois girar as pernas, juntas, para dentro do carro. Fechar a porta.
Não. Enfia uma perna primeiro. A saia justa sobe um pouco. Muito menos do que já subiu, não o suficiente para que apareça um fio dental, mas sobe. Aí ela senta. As pernas bem abertas. Uma dentro do carro, a outra fora. Ficam abertas ainda por mais um pouco. Faz de propósito. Aí recolhe a segunda perna, levantando um pouco o joelho.

E aí ri.

Pode ser sozinha mesmo, sem ninguém ver. É bom de qualquer modo.

Mariana roda no carro de luxo pela avenida da orla do rio, a ponte para Juazeiro, a estátua horrorosa perto da ponte para Juazeiro, os bares da orla com os homens sem camisa e a barriga enorme, a música alta dos bares da orla, o cheiro da fritura. Os bares barra-pesada da orla. Tudo bem longe.

O carro de luxo tem ar-condicionado. Então ela roda macio, as janelas fechadas, os gringos no banco de trás.

"Tis am amazim blue, isente it?"

A pronúncia essa mesma. Não porque Mariana não seja capaz de falar inglês sem sotaque. Mas porque ela acha que esse é o sotaque certo, o sotaque justo, o exato sotaque que ela quer, que é assim que deve ser falado o inglês do sertão pernambucano.

Os gringos que se esforcem para entender.

E concordariam, eles. O azul inacreditável das águas do São Francisco.

Concordariam educados. Sem fazer a menor ideia do que é o São Francisco. Do que é olhar para o azul do São Francisco e saber que ele pode levar, entre espinhos e aridez, pode ajudar a levar alguém que quase desiste, que por uns instantes só boia, os olhos fechados, só boia, esperando chegar e tanto faz o lugar. Até que chega. E é um mar.

E o mar é o mesmo São Francisco, só que salgado, e no Rio.

Mariana já fala um pouco de inglês quando a conheço, eu não sabia. Uma ONG que presta serviço a prostitutas.

Também não sabia dos jogos, das mágicas.

Descubro quando ela, cuidadosa, abre pela primeira vez em cima da cama deles a coleção de cartas com os desenhos lindos, de dentro de um lenço de seda em que Gael não pode mexer porque estraga, porque suja, porque marca.

"Lindos, não, os desenhos?"

É bonito de ver.
Mariana joga com uns quatro, cinco garotos de treze ou quinze anos. Riem juntos.
É a única mulher.
Ela tem várias vidas. Ela tira a sorte nos dados. Ela não tem nada garantido, nunca. E isso não é grave. Ela tem atributos e tem os dados. Ela vence os meninos.

Quando é um dos garotos que vence, eles têm um ataque histérico de risadas, se dão tapas uns nos outros, pulam e gritam como macacos, numa substituição da trepada que nem sonham em ter com Mariana. Sonham.

Ela, nessas horas em que joga, está com uma de suas camisetas velhas, chinelo de dedo. Em geral acontecem em fins de semana, esses jogos, a porta do apartamento aberta, Gael trançando de cá para lá, um raríssimo celular ao lado dela. Mas ela não costuma atender clientes nos fins de semana. Só quando é um programa muito especial. E ela fica lá, no meio dos meninos e parece ter a mesma idade deles. A mesma vida deles. Numa mesma escada de prédio.

Antes, Mariana jogava perto da casa da parenta, a tal que tomava conta de Gael e não toma mais. Fica contente ao descobrir o grupo de meninos. Jogam na escada, fazem barulho, incomodam os outros moradores.

"Essas crianças não têm modos."
Ela gosta até do mau humor dos outros. Acho que os jogos de RPG é do que mais gosta nesse período que passa no meu apartamento.

Além de mim, no prédio, só Lurien sabe que ela é puta.

É bater o olho e os dois se reconhecem sem nunca terem se visto.

Lurien está sempre de quimono japonês. Já está velho, o quimono. Talvez seja a camiseta velha dela que reconheça o quimono velho dele. Camiseta e quimono sendo a mesma bandeira, necessariamente esfarrapada, da humanidade deles.

"É legítimo, viu, trouxe de lá."

E Lurien sorri para Mariana, mostrando para ela que ele também acha que é bobo falar isso. E que, para ela, ele pode se mostrar bobo.

Para mim, não.

Lurien e eu.

Olho para Mariana, por um tempo, tentando acreditar no que ela diz, porque começo a desconfiar que, se eu demorar muito, vou me ver no ridículo de ter que acreditar em coisas que já aconteceram.

E o que há para acreditar é que vai dar tudo certo.

Deu. E desde o começo. E, inclusive, com Lurien. E não só entre eles. Mariana faz com que as coisas deem certo comigo também.

É ela quem me aproxima de Lurien.

Dessa vez, a outra vida que há é minha e estava lá desde sempre. Eu é que não conseguia chegar nela.

São quatro apartamentos no quinto andar.

O meu, de fundos.

Também de fundos, o de uma família rica que usa o apartamento para temporadas na cidade e que já depositou, inclusive, a primeira parcela do pagamento das obras com o advogado responsável pela administração do imóvel.

De frente, há o apartamento do síndico, um cara velho com

enfisema pulmonar, o que o obriga a ser muito gentil e a falar de maneira muito doce, baixinho, com todo mundo. Fala mais doce ainda com Lurien. Vou descobrir o motivo. É Lurien, funcionário da prefeitura, quem consegue andar com os papéis, aprovar o projeto da adição de mais um andar no prédio.

E tem o apartamento de Lurien, também de frente.

De frente para o meu, contrário ao meu, brigando com o meu.

Nosso primeiro contato é de antagonismo.

O segundo e o terceiro também.

Ele já brigou com o vizinho do andar de baixo e com mais uma porção de outros. E vai logo me avisando que não é para fumar na área de serviço.

"Você fuma?"

"Não."

Mentira. Fumo. Mas estou largando, junto com mais coisa. Fumo/fumava cigarrilhas holandesas, por causa do gosto de baunilha e de chocolate das cigarrilhas. E por causa, principalmente, da composição de personagem. As botas, a calça de napa preta, a camisa masculina sem sutiã, o cabelo curto. E a cigarrilha que pego como quem junta farelo de pão, os dedos juntos. Como quem pega o que sobrou.

E a cara de quem está com raiva do mundo.

A raiva vai sumindo. Vai se transformando em tristeza. A cigarrilha também vai sumindo. Nem gostava tanto, para falar a verdade.

Se não fumo, avisa Lurien, também devo impedir que qualquer visita minha fume na área de serviço. São muito juntas, as áreas. E ele não suporta fumaça. Aliás, qualquer poluição. O que inclui a visual. Então, também não devo colocar tapetinho escrito Bem-Vindo em frente à minha porta porque de brega basta a vida.

Não tenho intenção, garanto a ele.

E mais. Devo aproveitar a obra iminente para mandar repintar minha porta, que foi pintada em uma cor ligeiramente diferente da cor-padrão do edifício, pelo antigo proprietário do apartamento.

E também não devo fazer nenhuma cara de espanto quando encontrar com ele no corredor e no elevador.

Isso ele não diz, está implícito.

Lurien é bem moreno. E muito bonito. Mantém o cabelo pintado de um vermelho que não existe na natureza. O vermelho não existe, como não existe minha linha reta, reencenada diariamente na saída do escritório de João. Então, nem estranho.

Fala tudo isso de uma vez. Fica lá, na minha frente. O vermelho. Exige que eu não repare.

Usa um quimono japonês quando em casa. Depois vai me dizer o que diz para Mariana, mas sem a cumplicidade:

"Legítimo. Trouxe de lá."

E encara todo mundo de frente.

Tem seus ridículos, ele. E tem peito, calculo em tamanho quarenta e quatro. Sem pelos, na cara ou no corpo. Sobrancelhas feitas. E isso é o que há de visível a ser descrito.

Tenho meus ridículos, eu.

E posso descrevê-los, eles também, em detalhes. Hoje, pelo menos.

Quando vi Lurien pela primeira vez, elaborei imediatamente uma definição bossuda, dessas de provocar impacto, admiração. Eu no palco. Algo no mesmo quilate de outras frases minhas da época, como a de que vender bíceps ou buceta são duas coisas que se equivalem.

Faço eu também meus ensaios.

Então, digo para João:

"É como uma tradução."

E apresento minha elaboração enfeitada, lá no sofá.

Lurien é uma tradução em andamento, digo. Não só porque é uma pessoa, portanto anda, está em estado de andamento, mas principalmente porque é uma tradução nunca terminada. As mãos grandes na busca do gesto feito para outras mãos, menores. A voz feita para outras modulações, mais finas, cacarejantes.

Um ridículo meu. Lurien nunca soube disso, ainda bem. Riria na minha cara. Ele não se traduz de uma coisa para outra e o mundo não é binário. Claro. Não era só João o burrinho. Eu também o era, embora não nos mesmos assuntos.

Falei isso a João porque imaginei como eles, que se tornariam vizinhos dali a pouco tempo, se relacionariam nos corredores, elevador e portaria, nos encontros de chinelo para pegar a pizza na porta, atender o cara da empresa telefônica. Como resolveriam entre si as questões que surgiriam com as obras do prédio.

Antevi choques.

Me enganei. Mais do que vizinhos acabaram amigos. Talvez mais do que amigos.

Desses que nem precisam falar para se entenderem.

Algumas das coisas que não são faladas, porque não precisa.

No tema da liberdade, da transgressão, coisas que João buscava para ele mesmo através de suas garotas de programa, Lurien deve ter sido um banho de água fria. Transgressão é a de Lurien. E é a de ser ele mesmo. A de não se submeter a formatações. Sequer a dos dois gêneros disponíveis na língua latina que lhe coube. Nos coube.

Lurien nunca se importou com os eles/elas dirigidos à sua pessoa.

Tanto faz.

Ele (sempre o chamei de ele) sempre soube quem é. O problema é da língua, não dele. O problema é dos outros. Insuficientes, inadequados e errados são os outros.

Ser ele mesmo. Isso deve ter calado a boca de João, no quesito transgressão.

Mas antes, há João quase aos berros.

Sei tão pouco das histórias que João conta pela metade. Poucos os fatos.

Mas teve um. Uma coincidência.

E agora cito Mariana. Dizia que não adianta procurar explicação para tudo, motivos, desígnios. "Às vezes é só sorte mesmo."

Ou acasos.

Sejam eles em toalhas de plástico xadrez vermelho e branco. Ou nos nomes, um deles provavelmente falso.

Eu, no sofá do escritório:

"Você tem de decidir logo se vai comprar meu apê, João. O Lurien me entregou o cronograma da obra. Tá pra começar."

"Quem?!"

"Lurien. Meu vizinho também do quinto andar, a pessoa que aprovou o projeto do duplex."

"Qual é o nome?!"

O nome era Lorean.

Foi desse modo que fiquei sabendo do nome da Lorean.

E da Lorean.

É a primeira vez que João vai na Kilt.

Brocha.

A garota se chama Lorean e é a única, de todas com quem João trepou na vida, cujo nome ele guarda.

Você vem muito aqui. Não, é a primeira vez. Você vem muito aqui. Venho, mas nem sempre com esse avatar. Você vem muito aqui. Como assim, sou o dono daqui.

"Você vem muito aqui?"

Ele responde com um sorriso. Forçado. Nem consegue dizer nada.

Ela é a cara de uma ex-namorada dele, de antes da Lola, que na época era muito jovem e muito virgem. E com quem, embora João tentasse e tentasse, nunca conseguiu trepar.

Nunca estive na Kilt. Vi fotos. E ouvi João.

Então começo pelo que nada do que vi ou ouvi me deu. Pelo que precisei adivinhar. O ar.

Devia ser incrível.

Só mesmo quem viveu.

"Só quem viveu."

Um ar que existe.

Um ar com existência.

O ar da Kilt deve ter sido um ar existente.

No sentido de ter uma presença. Denso. Uma densidade. Não só partículas que brilham, não só uma cor, mas como que um verniz, a reforçar cores já existentes, brilhos que já estão lá. A existência desse ar também se dá por um cheiro, acho. Meio adocicado, talvez. Mas o mais bonito mesmo fica com as cores. Vermelhos, dourados. E os brilhos.

Há muitos brilhos. Não só as coisas brilham, a boca das garotas, pontinhos minúsculos na pele delas, as roupas, os dourados, mas também porque todos esses brilhos se multiplicam, não só através das partículas que formam o ar, mas através dos espelhos. Pedacinhos de espelhos que se movem. Ah, sim, tudo se move, tudo nunca está parado, e se moveriam devagar, sinuosos, tudo e todos, mesmo se não houvesse, como há, o ritmo. Porque tem o ritmo. A música alta, ritmada como uma trepada que, uma vez iniciada, não te pertence mais, é você que obedece a um ritmo que, apesar de teu, não é teu. Não de fato. Um ritmo que existe, apenas existe. Impossível não levá-lo em conta.

E as TVs em filmes pornôs sem som, e a pista de dança com as garotas se exibindo em duplas ou em voos solos e onde também acontece o show.

O nome completo é Kilt Shows.

E os shows se dão nesse mesmo ar que existe. Então, não é que os participantes dos shows estejam lá na sua frente, concretos, o contorno deles duro, nítido. Não. Estão lá, mas estão depois do ar, envoltos pelo ar.

E trepam.

Um cara, em geral com poucos movimentos, em geral sentado em uma cadeira, as pernas abertas, o pau enorme e duro, e uma garota fazendo evoluções coreografadas em volta dele, o pau sumindo dentro dela na frente, atrás, na frente outra vez, mais uma coreografia e ficam nisso.

Ninguém goza na Kilt.

Não é bem um gozo, então, o que existe e te toma. Um algo que começa e vai e ahn e acaba. Não é isso. É bem mais. É o tudo. E que não acaba, esse tudo. Você pode sair, ir embora, terminar, com uma garota no quarto do hotel ali do lado, o substituto pobre desse gozo total que, esse, não acaba. Você com uma das garotas. Mas será apenas um gozo substituto, esse que você tem, e que acaba no quarto de hotel ali do lado. Não é o grande, inacabável, total, com luz, cor, cheiro, ritmo que é o que existe lá dentro.

As estátuas grandes e desajeitadas que saem da fachada da boate, com sugestivas e levemente ridículas espadas em riste, são um aviso ao contrário. A concretude desajeitada de cimento, as espadas cegas varando, bobas, um ar igualmente bobo, que é o ar neutro e bobo de uma rua de centro de cidade, isso é o que seria deixado na rua, é o que não tem lá dentro.

Mas a garota pergunta se João costuma ir muito ali.

Não costuma. É a primeira vez.

Mas ele não diz isso.

Aliás, não consegue dizer nem oi.

Além de tudo que haveria para dizer, além de estar com vontade de apontar o ar.

"O ar!"

E além de a garota ser a cara da Eliana.

E além de mais coisa.

Por exemplo.

Perto da Kilt há outra boate, onde os diretores da firma, quando em viagem a São Paulo, costumam ir. Nos comentários dos funcionários, nessa boate as garotas de programa são estudantes universitárias que vão lá para se divertir e ganhar um dinheiro extra. Cobram, inclusive, muito caro.

O dinheiro não é o maior problema.

E, sim, a competição.

João e os colegas buscam um gozo sob seu controle. Pagam, controlam. Buscam também, e é engraçado pensar isso assim junto com a necessidade de controle, estar livres de regras e controles. E buscam, além disso, a sensação de que são superiores aos outros, embora estejam fazendo exatamente a mesma coisa, todos.

E, claro, buscam se sentir superiores, infinitamente superiores, às suas mulheres, as idiotas que não sabem que a trepada com elas é apenas uma entre várias, e sequer a melhor.

Então, ir a essa outra boate frequentada pela diretoria, a das universitárias, seria ganhar todas as competições, menos a que os homens atuam entre si. Os diretores, mesmo não estando lá, teriam uma presença, e é deles, necessariamente, o primeiro lugar.

Então, nenhum dos colegas de João vai a essa boate.

E a Kilt fica, assim, secretamente, já que ninguém comenta o assunto, com um quê de inferior.

João com um quê de inferior.

João vê o show, nesse primeiro dia, o dia da Lorean.

É a primeira vez, quer tudo, o que inclui o show.

Vê o show e depois fica em dúvida sobre o que exatamente chamou mais sua atenção. De qual pedaço do corpo dos dois protagonistas, ali envoltos no ar da Kilt, ele de fato não desgrudou o olho.

Não me diz isso, assim tão claro. Eu é que adivinho, em uma hesitação maior no meio de uma frase, em um olhar um pouco mais demorado em direção à janela fechada do escritório. E também por causa do tempo que João gasta na descrição de uma coisa ou da outra, sendo que uma coisa é de fato enorme, lhe dá até gagueira e João faz gestos para substituir palavras que de repente lhe faltam.

O pau do cara.

Termina com a frase-padrão para indicar a amplidão cósmica da experiência.

"Porque tem dessas coisas, sabe."

E as tais das coisas poderiam ser entendidas, pelo menos dessa vez, de maneira literal.

E por falar em entendimento literal, eis outro. O nome.

Lorean.

Nessa época da primeira ida de João à Kilt, um blockbuster passado pouco antes ainda ocupa o imaginário mundial. De Volta Para O Futuro. Depois esse filme vai ter retornos e mais retornos. Mas, na época, ele existia mais na lembrança mesmo.

No filme, entre idas e vindas no tempo, Michael Fox dirige um carro espetacular, o DeLorean.

Então, além de o ar da Kilt não ser transportável para o hotel usado para o programa com as garotas de programa; além de a Kilt ter adquirido um quê de classe econômica no voo para mundos melhores; além da lembrança frustrante da Eliana; e além de João ter uma de suas desestabilizadas periódicas em suas certezas heterossexuais poucos minutos antes, ainda houve mais o problema do nome Lorean/DeLorean.

Pois João dirigia um Volkswagen.

Marrom.

Ele brocha.

Ele brocha.

Lorean não só é a cara da Eliana, como também tem o mesmo jeito decidido dela. Ao sentar (embora uma simples volta na mesa a poria no lugar vago ao lado de João), faz questão de passar se espremendo por cima dele, se espremendo mesmo, entre as coxas dele e o que mais houvesse entre as coxas dele, e a mesa.

Se espreme em cima dele. Se ele vem muito aqui. Se tudo

bem de ela pedir uma vodca. Se ele tem o suficiente para o programa e para o hotel, em dinheiro vivo.

Tudo certo e eles vão.

No quarto, a mesma coisa. Primeiro isso, depois aquilo, sons correspondentes, e por que mesmo João está demorando tanto?

A garota parece ter pressa. A garota fica impaciente.

João diz que tudo bem, que deixa estar. Ensaia tornar a vestir a roupa.

Ela se toma de brios profissionais e começa tudo de novo, caprichando mais, dessa vez, nas expressões de admiração para os dotes físicos dele, no momento praticamente inexistentes.

Acabam assim num mais ou menos. Um meio fim que já estava lá desde um começo que não o era, pois tinha começado bem antes, em um João quase adolescente. Um presente que era um passado.

O filme foi lançado em 1985 nos Estados Unidos, eu pesquisei.

"Que ano foi, esse filme?"

"Tipo meados de 1980, por aí."

E esses algarismos ficam boiando no escritório que escurece, sem lugar para pousar, sem que adquiram sentido. O filme é famoso até hoje. Tanto fazia a data.

Lorean é uma das primeiras garotas de programa da vida de João, mas não uma das primeiras a ser narrada. Porque não é só o filme com sua cronologia inexistente. É o escritório, igual. As coisas ditas sem ordem, e essa frase nem é muito boa. Não é que sejam ditas sem ordem, já que algo que não tem ordem é julgado a partir da existência suposta de uma ordem, que então estaria ausente.

E não é isso.

O que acontecia no escritório não estava nessa paralela de

ordem-não ordem. Era similar ao resto todo que eu vivia, que nós vivíamos, na época.

Eu tinha chegado naquele dia no escritório de João, depois de saltar de um ônibus que tomei saindo de uma lojinha de xerox num quarto andar de um velho edifício da Marechal Floriano e essa lojinha se chamava Delírios & Delitos Design porque não era para ser uma lojinha de xerox. Era para ser uma fonte de delírios coloridos, soluções gráficas, cores. As cores de uma Kilt, o ar de uma Kilt, só que em papel.

E que estava fechando, falindo, a Delírios & Delitos Design, cuja placa não existia e cujo nome, então, ninguém sabia. E que, embora falindo e fechando, era para onde eu teimava em ir todos os dias, mais porque não tinha para onde ir. E que era de onde eu saía, fim de tarde, ônibus lotado e escritório de João, para onde eu também teimava em ir todos os dias, porque depois de não ter para onde ir de tarde, eu também não tinha para onde ir no início das noites. Mariana, Gael, e o tempo que ela precisava para virar ela mesma num apartamento que não era o dela, aliás nem meu, há tão poucos meses que eu estava dentro dele.

Esse aqui da porta ao lado. Rua Assunção. O que foi de João até há pouco.

Então, não, ordem nenhuma em nenhum lugar.

E o pior é que continua.

Nem tento seguir alguma aqui. Só digo que houve essa data, meados de 1980, anunciada, e que ela não significou nada porque o filme continuava igual, nós também, e falávamos de coisas passadas e esses momentos, em que falávamos, também não tinham um tempo real. Só sei que Lorean, a primeira garota da

Kilt e uma das primeiras da vida de João, não foi, longe disso, a primeira a ser narrada.

Não havia ordem. É só o que sei.

Lorean e seu carro implícito, uma coisa tão pouco existente quanto a outra. Nós, idem.

E não só porque duvido muito que a garota se chamasse realmente Lorean, mas também porque ela não existia, nenhuma delas existia, garotas de programa não podendo existir realmente, hologramas. E a Lorean era narrada ali num escritório que não era o nosso, que vinha de outra época, de uma riqueza que não mais havia, de um Brasil inventado por um governo que não mais existia e, mesmo quando existiu, não deveria, porque era fabricado. Eram. O Brasil e o seu governo.

E lá dentro, tapetes, quadros, livros e uma Lorean que era, afinal, tão inexistente quanto todo o resto, só ficando mesmo, de concreto, o ar de um fim de tarde que sumia, uma claridade que sumia e que era para onde eu e João olhávamos, para o ar, enquanto ele falava suas frases que não terminavam, suas glórias de general para uma eneida vagabunda, suas glórias com vagabundas, essa palavra nunca usada e que me incomodaria tanto quanto a ele. E que eu escutava, essas glórias, também pela metade, fugindo, o vértice branco do teto, as eneidas da minha amarelinha particular saindo da dele. E o outro vértice, o de dentro da camisa dele.

Num verão que não acabava.

Lorean e seu carro implícito entraram na vida de João no início da permanência dele na Xerox. E no início do casamento dele com Lola. Entre tanta coisa sem existência real, o casamento existiu. E teve consequências. Lola existia. E acabou por provar isso.

Na época de Lorean, Lola estava aprendendo a dirigir para

poder dirigir o Volkswagen marrom durante as ausências de João. Lola achava o Volkswagen marrom legalzinho.
Vejo Lola dentro do Volkswagen marrom, ao lado de João.
Ela está toda contente, sem saber que é tão desprezada quanto o Volkswagen marrom que ela acha legalzinho. Ela não sabe de nada, não nota.
Mentira, nota.

Mentira (mais uma).
Há uma ordem. Acabo de perceber.
Lorean se desdobra em consequências concatenadas, embora não ela, fisicamente.
Inicia uma sequência, uma ordem, uma espécie de linha. É a ordem de quem volta para um futuro dentro de um carro que nunca existiu e a partir de um nome falso (duvido mesmo que ela se chamasse Lorean). E isso numa região do Rio de Janeiro que se mantinha mais ou menos a mesma desde o Império. Ou seja, também sem muito tempo real. Desde o Império, ali, igual. Mas decadente.
Não é bom, isso que arranjo aqui agora, é só o possível.

Praça Tiradentes.
Eis a próxima aparição de Lorean. Eis a ordem.
Não como Lorean, exatamente, mas quase.
Uma puta mais velha, mais negra e mais meiga. Aliás três.
É Lola quem recebe os convites.
O Centro de Arte Hélio Oiticica fica na Luís de Camões, uma ruazinha cercada de prostituição por todos os lados, perto da praça Tiradentes.

Uma comemoração. O aniversário de nascimento do Hélio Oiticica e o início da revitalização da área.

O primeiro evento é a instalação de algumas esculturas de Amilcar de Castro na própria praça Tiradentes.

Lola e João vão.

Depois há uma reencenação dos parangolés de Hélio em frente ao Centro de Arte.

Lola e João também presentes.

E, por fim, uma intervenção artística em um velho hotel de prostituição na esquina do Centro de Arte, em frente ao bar Imperatriz, na rua do mesmo nome.

Lola e João lá mais uma vez.

Nessa hora, por causa dos eventos anteriores, já conhecem de vista outros convidados. Caras e bocas, poses e roupas. E os patrocinadores. Esses de terno.

Uma construtora de conhecidos de Lola vai se encarregar da recuperação de imóveis fechados e degradados. A finalidade é revenda como moradia popular.

Ternos só, não. Discursos.

Isso do lado de fora, em palanque com telão onde passam um vídeo mostrando como ia ficar tudo.

Ia ficar tudo lindo e todos sorririam.

Dentro do hotel, os descolados. Outro grupo, diferente dos patrocinadores. Os descolados não veem o vídeo. Acompanham visitas guiadas.

Visitas guiadas que não interrompem a atividade normal do hotel. Ou seja, os quartos continuavam a ser ocupados pelas prostitutas e seus clientes, normalmente, enquanto o evento se desenrolava. As visitas guiadas entravam nos quartos que estivessem desocupados. Todos podiam então admirar as intervenções artísticas.

Basicamente pinturas em paredes e tetos.

Num deles, pintaram a viga do teto como se fosse um galho de árvore e folhas e olhos de bichos por entre essas folhas, no resto todo do ambiente, claustrofóbico, persecutório.

Persecutório, João achou. E desistiu de continuar.

As visitas guiadas continuaram. Os quartos que estivessem ocupados eram mostrados quando desocupassem. As caras e bocas esperando, aos risinhos e cochichos nos corredores pobres e mal iluminados, que um cara e uma prostituta abrissem a porta do quarto e saíssem, envergonhados.

Enquanto esperavam, os descolados tomavam cerveja pelo gargalo, como se muito à vontade, como se a vida toda nada mais tivessem feito a não ser tomar cerveja pelo gargalo nos corredores de um hotel de prostituição da praça Tiradentes. Eram ricos. Podiam.

Embaixo, na portaria, o bar improvisado que vendia as cervejas.

Lola encontra seus conhecidos da imobiliária.

"Oi!"

"Que interessante, não?"

João se afasta deles também. Fica no canto do balcão improvisado.

João fica nesse canto do balcão, sentado com meia bunda em um banco alto, costas na parede, uma cerveja na mão. Perto dele, o cara que vende a cerveja, mais um outro, que ele não sabe quem é e que parece amigo do primeiro de longa data, e três prostitutas que também parecem ser conhecidas de longa data dos dois caras.

O grupo bate um papo, cuja falta de assunto o inclui.

"E aí?"

"Pois é, muvuca, não?"

As prostitutas são mais velhas, mais negras e mais meigas do que qualquer uma que João já tenha conhecido na vida.

Ele fica lá.
Olha quem entra e quem sai, e lembra da Lorean.

Quando João vai na Kilt daquela primeira vez, ele se arruma.

Já ouviu falar da Kilt, claro, tem uma expectativa grande quanto ao lugar. Então toma banho no hotel, ao sair do trabalho, e capricha uma gola rulê.

Os clientes habituais do hotel da praça Tiradentes passam na frente dele, em direção às escadas e corredores. Passam hesitantes. Alguns param, fazem um leve aceno para o cara da cerveja, dão um sorriso para uma das mulheres do grupo de João, que responde, um adeusinho com a mão.

Hesitam, os que entram.

Um bando de intrusos os ofendendo com a presença indesejada, invasiva.

João também acha.

E bebe mais um gole da cerveja, as costas na parede, ele no grupo.

Mas ele também está no grupo dos que chegam.

Porque ele se arrumava para ir na Kilt desde aquela primeira vez, com a Lorean, e em todas as outras que se seguiram.

E os caras também se arrumaram.

São, os caras também, mais velhos, mais negros e mais doces. E mais pobres. E têm paletós surrados em cima de camisas que foram lavadas e passadas para a ocasião. Sapatos, não tênis.

Uma certa cerimônia educada com as prostitutas, a quem eles dão a passagem, para que passem na frente deles em direção às escadas que levam aos corredores mal iluminados, aos quartos agora com violências coloridas.

Em um deles, a janela fechada ganha dentes como uma

boca. Uma agressão. Fica ao lado do que tem as folhas e os olhos entre as folhas. Uma arrogância de classe social.

É o que João acha. Talvez pela primeira vez.

A intervenção artística é um sucesso.

Os jornais falam das obras, publicam entrevistas com os artistas. As fotos saem ótimas, com os frequentadores habituais e as prostitutas ao fundo, humilhados, pequenos, compondo o décor. João sai em uma das fotos. Não é reconhecível, o que para ele é um alívio. Não é reconhecível pelos outros. Ele se reconhece. E como.

É ele, ele. Ele como será daqui a muitos anos, mais velho e mais pobre. E Lorean é aquela, ela. Depois de ter aprendido o que lhe faltava aprender, ali, do lado, no balcão, um sorriso doce e nenhuma pressa.

Ele e Lorean em uma vida possível.

Uma vida possível.

João tem, nesse dia, acho, uma visão do que seria uma vida possível para ele mas que só começou a se tornar possível muito depois, quando ele sai da Xerox, entra na editora. E quando me conhece, a mim, Lurien, Mariana. E o engraçado é que essa vida possível passaria, para se tornar possível, pelo abandono dos programas com as garotas de programa. Para ser uma vida possível, as garotas teriam, primeiro, de virar outra coisa para João.

Não deu tempo.

João sai da Xerox, entra na editora, para de viajar e para de fazer programa com garotas de programa. Excetuando uma, quando, ele já na editora e já sabendo que o emprego era furado e não ia durar, aceita dar um workshop semanal em São Paulo sobre print-on-demand.

Aceita, junto com o workshop em São Paulo, a imposição

feita a ele pelos seus pés, Augusta abaixo, assim que a noite se inicia.

Essa última garota de programa é que será o motivo da separação de João e Lola.

Por causa da volta.

Porque tem a ida e a volta. Sempre.
Tinha.
João desce a Augusta de um jeito. Volta de outro. Isso sempre. Desde o começo. Desde Lorean. Vai como quem vai para o necessário, o ar necessário, para aquilo sem o qual ele não vive. E volta cabisbaixo, insatisfeito, nunca acontecendo o que imaginou que ia acontecer, nunca sendo tudo tanto, e por tanto tempo, quanto gostaria.

E aí, aos poucos, a ida e a volta começam a ficar parecidas.
Aos poucos.

E na praça Tiradentes ele se vê, na figura dos caras mais velhos e de paletó surrado, repetindo dez, vinte anos depois, ainda a mesma coisa.

Ele ainda indo, ainda indo, Augusta abaixo, escadas acima, mas já sabendo da volta, indo para o que já conhece, indo para o que já viveu. Indo para a frente. Mas para trás. Mas indo mesmo assim. Porque não tem mais nada para fazer.

No banco alto, a meia bunda no banco alto do balcão de cerveja improvisado do hotel de prostitutas da praça Tiradentes no Rio, o que João vê na sua frente são as idas e as voltas da Augusta em São Paulo. Nota que ele é ele, ali, em um outro tempo, o futuro de seu passado, caso continuasse.

E quando um dos clientes do hotel dirigiu seu cumprimento de cabeça ao grupo em que João se incluía, ele chegou a responder, ele também, com um meneio, integrado, ele, ao grupo,

e guardando, avaro, o seu espanto por ter feito isso tão naturalmente, tão automaticamente, guardando, avaro, o seu espanto por trás da cerveja que levantou, rápido, para mais um gole.
O espanto por ser tão fácil. Ele lá, tão fácil ser ele lá. Tão fácil continuar.

Tão fácil ser ele o cara que entrava, a Lorean mais velha, mais negra e mais meiga na frente dele e seguindo o cara que entrava, igual às outras três loreans que, ao lado dele, raspavam sem malícia o braço gordo no seu braço, em cima do balcão da cerveja, os peitos grandes e moles. E nenhuma pressa no mundo.
Uma vida possível, até boa. Mas João se assusta.
"Vamos?"
Lola ainda queria ficar mais um pouco por lá, os amigos da imobiliária.
"Você topa ir sozinho? Pego um táxi daqui a pouco, não demoro."
João vai sozinho.

João, depois de poucos meses desse episódio da praça Tiradentes, vai sozinho a Nova York.
E esse é o segundo desdobramento da Lorean original, agora em uma materialização automobilística.
Um Chrysler.
Menos colorido, menos novo e menos maravilhoso do que o DeLorean legítimo. Mas era o DeLorean que dava para ser.
Vem integrado, esse também, a uma lorean. Outra. Uma lorean gringa, cujo nome João não lembra.
Nem muito gringa.
Morena, como sempre.
Porto-riquenha provavelmente.
Não sei como é hoje.

* * *

Na época era comum.

Multinacionais pagavam cursos de especialização a seus funcionários, cursos oferecidos nas sedes das empresas, isto é, na gringolândia.

João vai. Conheço mais gente que foi. Então sei como é. Como era.

O curso não é tanto de especialização como de desasnagem. Consideram todos que não venham de país rico como asnos que precisam aprender, não a especialização profissional, ou só ela. Mas aprender a viver. Por viver entendem gostar de beisebol, churrasco e terem uma espécie de atitude amistosa básica uns com outros, o que não inclui, é claro, o diferente deles. No fim, é isso. Uma tentativa de tornar o funcionário oriundo do cu do mundo mais parecido com o que eles consideram uma pessoa legal: eles.

O que fica engraçado, quando o cu do mundo é uma cidade como Rio ou São Paulo, e o destino de tal aprendizado uma cidadezinha de merda do interior dos Estados Unidos.

Foi esse o caso.

Três meses numa cidadezinha de merda do interior dos Estados Unidos.

O bom é que era uma cidadezinha tão merda que o transporte público não circulava em bairros mais afastados, como o bairro onde fica o condomínio horizontal (uma sequência de casinhas geminadas) em que hospedam João.

Também não há linhas de ônibus até a sede da empresa.

O jeito é carro.

Um colega americano vai à locadora com João. Eles têm um Chrysler último modelo, mas há um porém. Quando João devolver o carro dali a três meses, terá de fazê-lo na agência local da

cidadezinha, e não no aeroporto de Nova York. A cidadezinha é muito ciosa de seu lindo Chrysler e não quer que ele entre na rede nacional da locadora e vá para outros cantos. Quer mantê-lo ali, amarrado como o cachorro que todos eles têm.
No problem.
João fica com o carro, que vai de cá para lá, o condomínio e a sede da empresa não sendo nem tão longe um do outro. E de lá para cá.
Até que.
Em um fim de semana, João escapa.
Tem uma desculpa.
O tio.

Não são só os gringos que consideram qualquer um que não seja gringo um asno. O tio também acha isso. Acha que João, perdido nos Estados Unidos, precisa de uma atenção para não soçobrar na riqueza, na civilização.
Conhece alguém que conhece alguém que conhece alguém. E João acaba convidado a um jantar. Em Nova York.
Na mesa do apartamento chiquíssimo, um advogado que já fez trabalhos com seu tio e que presta serviços para empresas de tecnologia. É esse o elo. Serve. Qualquer elo serve. Então não sei?
João acha que faz boa figura.
Fica calado a maior parte do tempo, sorri em outras. Faz expressões expressivas quando perguntam sobre o Brasil, expressões de quem acha que é, pois é.
"Well... you know..."
E revira os olhos, cúmplice.
Todos aplaudem. Porque, principalmente, João é um asno que deu um jeito de estar em Nova York com tudo pago e um Chrysler na porta. Só pode mesmo ser um cara muito especial e

porreta. Que é a opinião de João sobre si mesmo. Uma concordância.

Jantar acabado, João tem duas opções. Ou pega a estrada reta, muito lisa e previsível, que o levará de volta à cidadezinha da empresa, onde o esperam americanos com pele muito lisa e vida previsível, a vida reta de quem nunca fez uma transgressão na vida. Ou não.

João roda. João mostra Nova York para o pobre Chrysler, a única chance, para ele, o pobre Chrysler, de ver Nova York.

A única chance dele, João, de mostrar ao mundo como é que se dirige um DeLorean. Como é que se controla aquela coisa linda, agora um pouquinho mais acelerado, e mais um pouco. Agora faz ahn. E agora devagar, sem ruído algum, ele e o Chrysler em um outro tempo, outro mundo, sem que os passantes nem notem ele lá, num outro tempo, mundo, sobrepostos.

Levitando, também ele.

Esquinas, placas, praças, vitrines, cartazes, anúncios. As luzes vêm, passam, ficam para trás. Uma o acompanha por uns segundos. É a luz de um placar com letras verdes que andam devagar da esquerda para a direita, acompanhando o carro, seguindo junto. Sem ruído algum, também elas.

Avisam de um índice da bolsa de valores e os mortos de um terremoto na Ásia. João quase para. Fica olhando. O índice, os mortos. Números quase iguais. E outra vez. Em verde. Aí tem a garota que anda, ela também, devagar e muda e sozinha na rua. Anda perto da sarjeta. Uma letra verde (não sei, seria forçar um pouco a barra pensar em um vestido verde real) que caiu do placar e que, essa sim, faz sentido. Trocam o olhar de quem já se conhece e muito bem.

Se ela quer entrar no carro e dar uma volta.

Ela quer.

Se ela conhece um hotel.

Ela conhece.

João já estava se achando O Herói de Nova York mesmo antes disso.

Só melhora.

Trepa com a moça a noite inteira, inventa posições de filme pornô, e outra vez.

Dorme já é madrugada, acorda sobressaltado. Sete horas.

O Chrysler.

João estacionou em vaga noturna. O Chrysler não pode ficar em vaga noturna depois das sete ou será guinchado.

Desce correndo. Consegue salvar o carro e levá-lo para outro estacionamento, muito mais caro, mas diurno.

Sobe outra vez ao quarto, a garota está no banho.

Com a toalha enrolada na cabeça, que é como João descobre a razão de, nos filmes, as artistas sempre saírem do banho com a toalha enrolada na cabeça. É cultural. É como se faz, lá.

A garota também, infelizmente, já está com a blusa no corpo. Ela acaba de se vestir. Diz que os outros caras com quem às vezes sai não a tratam tão bem. Que parecem ter vergonha dela, que não querem ser vistos com ela e que não ficam a noite inteira com ela.

João não sabe por que isso aconteceria. Talvez porque, para os padrões locais, a garota seja considerada negra, embora ela esteja no vasto leque que vai de moreno claro ao escuro, com todas as etapas intermediárias que a cegueira, essa também cultural, de João não permite que ele reconheça, nomeie ou admita. Lola de aparência tão branquinha.

Ou talvez os caras sejam casados. E João não é casado.

Ele é casado em outra vida, em outro mundo. Muito, muito distante.

E não só porque esse outro mundo fica na América do Sul que já é, por si, algo considerado, mais do que outro mundo, outra galáxia.

Mas porque ele tem isso de que nada do que faz ou não faz atinge a casa bem montada dele. A que tem Lola dentro.

A casa bem montada em que há uma extensão dele mesmo, Lola, encarregada de sorrir quando ele chega, ir com ele ao cinema, trepar eventualmente com ele, cuidar de uma criança. Em suma, manter tudo exatamente da mesma maneira que tudo sempre foi e é, porque é preciso que algo se mantenha estável. Já que não o ar espesso, brilhante, o verniz que cobre os ambientes de cores quentes em que habitam esses seres que nem existem de fato, e que só se materializam a partir de condições específicas de energia cósmica. As garotas de programa.

João e a garota tomam café numa portinha ao lado do hotel. Nem tomam. Saem com aqueles copos grandes, com tampa, e com a água escura que eles lá chamam de café. Pegam o carro.

João oferece de deixar a garota em algum lugar.

Ela aceita. Mas diz que antes precisa passar em outro lugar.

Ele aceita.

Vão.

O outro lugar, que João não sabe dizer onde fica, é a casa de um amigo dela. João espera no carro, a garota salta e entra.

Depois volta.

Traz na bolsa um presentinho.

É um pouco de maconha.

João tinha comentado com ela da dificuldade em comprar maconha na cidadezinha onde morava e que não sabia como fazer, a quem se dirigir, nessa sua ida a Nova York.

É a primeira vez que João ganha um presente de uma garota com quem faz um programa.

Em vez de ele dar dinheiro a ela, é ela quem dá algo a ele.

Ele se comove de quase chorar quando conta. Porque, sim, tem dessas coisas.

"Sabe?"

Sei.

Depois ele leva a garota para a casa dela e esse lugar ele guarda onde é. Um bairro em cima de uma colina da ilha de Manhattan. Um bairro de classe média alta.

A garota é uma garota de classe média alta.

No escritório em que fingimos estar, João faz mais uma de suas longas dissertações a respeito do papel da transgressão na sua vida e o que ele sente a respeito das garotas que também agem de forma transgressora na vida delas.

"Porque tem dessas coisas, sabe."

Ele e a garota de Nova York se despedem com gestos de grande afeto, expressões emocionadas, abraços apertados de quem nunca mais vai se ver e que, por isso mesmo, pode se permitir demonstrar tais profundidades de sentimento, resguardados que estão pela garantia de que é só isso mesmo.

João encosta o Chrysler num canto, fuma um pouco de um dos cigarrinhos recém-obtidos, e toma a estrada.

Liga o rádio do seu DeLorean/Chrysler.

Tem um especial de B. B. King.

I've gotta a right to love my baby. She treats me just like a king. Yes, I've got a right to love this woman. She treats me like a king. Yes, she is my mind, body and soul. Yes, my baby, posso fazer quase anything.

(Autoria de B. B. King e João.)

O especial de B. B. King dura muito. Na cabeça de João dura mais ainda.

Começa durando o tempo inteiro da viagem até a chegada de João na cidadezinha.

Ele na direção de seu DeLorean/Chrysler, cantando junto, aos berros.

Ele gotta a right.

Canta aos berros, lágrimas nos olhos, achando que a vida continuaria sensacional enquanto houvesse coisas como essas, sensacionais, acontecendo.

João jura para ele mesmo que nunca vai permitir que algo ou alguém o prive de experiências iguais à que acaba de viver.

Mudança de perspectiva de vida é exatamente o que os gringos pretendem com o curso oferecido a seus funcionários oriundos das províncias. Embora não essa mudança.

O fim da estada de João na cidadezinha de merda é ótimo. Ótimo para ele que passa a olhar de longe as bochechas rosadas, se esforçando para não rir.

E péssimo. Também para ele. Mas depois.

João ainda passa alguns anos na firma, tudo parecendo normal, antes de notar que ele não subiria muito mais na carreira.

Algo que não encaixa no espírito geral. Ou na cultura da empresa, que é o termo usado, embora a frase contenha o que me parece, repetindo-a eu agora, uma dicotomia nos termos. Cultura da empresa.

Sou de outra área. Uso a linguagem de outro jeito.

Uso a linguagem de forma meio crua. João acha.

"Você trepou de camisinha nesse lance de Nova York?"

"Na verdade, não."

"Então você pode ser pai de um gringuinho e nem saber?"

"Não brinca assim."

Eu não estava brincando. Estava pensando em Mariana.

Invejando o mundo em que sorte existe, em que as consequências de quando não existe são contornáveis, pois você tira a carta certa, e linda, de um baralho todo desenhado. Pois o dadinho rola do jeito mesmo que tem de rolar. Se não dessa vez, da próxima e da próxima.
Não acho de fato que João seja pai de um gringuinho. Gringuinhas não batem prego sem estopa. João podia não ter camisinha. Mas a garota com certeza sabia cuidar de si.
Ou pelo menos, achava que sim. Eu. Eu achava que ela achava. E ela provavelmente também.
Mas é mais uma trepada em que não há dinheiro envolvido. Em que há só mesmo um raio luminoso em direção a outro mundo muito melhor.

Nova York não acaba em Nova York.
Acaba no México.
E com Cuíca.
O que me ficou desse episódio.
Para variar, um ar meio denso. Ou melhor, uma coisa que vi, ou achei que vi, no ar do escritório. Não bem que João tenha contado.
Ele faz uma parada na Cidade do México na volta dos Estados Unidos. Deve transmitir a um grupo de latino-americanos o que acaba de aprender na sede da empresa. Acaba de aprender, e aprender mal, sem assimilar. Mesmo assim, precisa passar adiante. Vai acontecer muito isso, com ele. Coisas que ele precisa dominar muito rápido, coisas complicadas, que ninguém sabe lá muito bem, e tudo tem de andar, ser resolvido, ou fingir que anda e que está resolvido, até a próxima mudança da tecnologia quando aquilo fica para trás, esquecido e tão capenga quanto era desde o início.

Mas então ele faz a parada na Cidade do México. Para esse mesmo seminário de cursos seguem, do Brasil, Cuíca e mais dois.

Se encontram, cada um chegando de seu voo. O mesmo hotel. O mesmo táxi alugado, preço fixo, para uma volta na cidade, quinze minutos depois da chegada.

Começam pelo turismo feijão com arroz. O passeio pelo centro histórico, aqui esse edifício, ali aquela estátua. O museu. Outro museu. O motorista vai mostrando e vai aprendendo, ele, pela reação deles, quem eles são. Vai fazendo, ele, o turismo dele, motorista, pela cara deles.

Avenidas largas, edifícios antigos, um clima de filme da década de 1950. O táxi também é velho, anda devagar. E dentro os quatro.

Cuíca, no banco da frente, fala algo que ele acha que é espanhol com o motorista que tenta responder educado, afinal, é o motorista.

No banco de trás, os três contando novidades, João tendo de responder.

"E aí?"

"Pois é."

E ninguém quer de fato saber como foi a estada de João na cidadezinha de merda. Querem falar deles mesmos, contar como foi com eles na cidadezinha de merda onde já estiveram e que eles não acharam merda.

E como o fulano era legal, e o cachorro do sicrano.

"Conheceu ele?"

E o episódio com a vizinha de mais um. E tal.

Até que, enfim, em um momento de silêncio, o motorista dá uma última averiguada na cara dos que estão atrás e diz que vai levá-los a um lugar especial.

"Chicas muy ricas."

Turismo concluído, todo mundo conhecendo todo mundo e tudo em volta, vão ao que já sabiam.

Chicas muy ricas e uma bunda.
Dou um dos meus raros palpites e falo sobre esse lugar especial, que nunca vi.
João descreve o lugar. Duas paredes arredondadas que se encontram em uma reentrância da calçada, onde está a porta.
"Uma bunda."
Fica chocadíssimo.
Porque o lugar é chique, muito caro, e eu, que sou uma grossa, ao dizer que a entrada do lugar é igual a uma bunda, faço com que ele reveja o lugar, e revê ali, na minha frente, olhando espantado para minha cara mas vendo, sei muito bem, a possibilidade de bunda, que não lhe tinha ocorrido. Eu estragando a lembrança dele.
Acrescenta, ressentido, que o porteiro é muito chique. Todo engalanado, com uma espécie de uniforme militarizado, franjinhas no ombro, botões dourados.
Muitos dourados.
Na porta também há dourados em profusão.
Fala isso em contraposição ao meu comentário, indignado.
Para mim tanto faz. Acho só engraçado que isso o perturbe.
Aí eles entram.
O lugar, dentro, também é cheio de dourados.
E muito iluminado.
Não é cedo. Deve ser iluminado sempre. Faz lembrar uma churrascaria, diz João.
Outra churrascaria, penso eu.
Mas o pior está por vir. As chicas não são tão chicas.
Mulheres de seus trinta anos, elas também com dourado em

todos os lugares onde cabe um dourado. Cabelos armados. Uma espécie de chique como uma tia é chique e se veste chique quando vai receber visitas chiques. Brincos, colares, tecidos que brilham.

Eles sentam.

Pedem a bebida convencional. Continuam a conversa.

Quem fechou qual contrato com qual cliente, quem conseguiu o quê.

Duas das mulheres se aproximam.

"Hola, qué tal?"

O que soa como:

"Rola, que tal?"

Explodem em uma gargalhada, as mulheres sem entender.

Acabam que sentam, as duas e mais uma, na mesa perto deles. Ficam lá sem saber muito como agir porque o papo entre os quatro continua. A competição no trabalho, coisas engraçadas com clientes. Não dão muita bola para elas.

João acha que não é só porque acabavam de se encontrar e precisavam estabelecer, ou restabelecer, cumplicidades e hierarquias. Escores. É também porque as mulheres de fato parecem tias e eles têm de ter um tempo para enfrentar a possibilidade de trepar com as próprias tias.

Mas há uma dinâmica, há uma sequência sempre, que exige ser seguida. Ou rompida. Depois de um tempo, apenas uma das mulheres continua perto deles. Já havia morado com um brasileiro, se sentia mais à vontade do que as outras.

Cuíca pergunta quanto é o programa.

Ela diz.

É uma exorbitância.

Ou o lugar é de fato chiquíssimo ou então é porque são brasileiros e, portanto, alvo de exploração.

Os dois que estão com João e Cuíca se levantam.

"No, no, estás loca."
Riem, dizem que estão cansados, amanhã ainda tem a viagem até Acapulco (o seminário é em Acapulco) e, afinal, punheta também é bom.
Ficam João e Cuíca.
E é isso que vi no ar, ali no escritório. Os dois. É o que guardei do episódio.

João e Cuíca num mesmo ar.
O lugar das tias douradas é perto do centro histórico, tão imponente, da cidade.
Mas o clima é outro.
Ruas mais estreitas e com comércio vagabundo. Muito movimento. Ruas apertadas, congestionadas, e mais carros, estacionados dos dois lados. Buzinas. Cheio de gente em tudo. São ladeiras, há curvas apertadas. Parece o centro comercial de Porto Alegre, João achou.
Cuíca faz uma negociação com a mulher. Pede o usual abatimento pelo programa duplo.
Ela topa, eles saem.
A rua mudou.
Continua apertada, carros estacionados, mas agora está escura, com sacos pretos de lixo embaixo de cada poste. Deve ser dia de coleta de lixo. Pouca gente na rua e grupos de homens sozinhos pelas esquinas, que olham para eles.
A mulher vai na frente. O hotel, diz ela, é logo ali.
Cuíca vai atrás dela e João fecha a fila. A rua é uma subida. Há um esforço em subir.
A cada passo João vai achando cada vez mais que não está boa, a situação. Que ele não quer. Que as coisas estão esquisitas.
Para.

"Ó, desisti. Vou pro hotel."

"Não acredito."
Cuíca para, na frente dele, sem ação.
"Cara, não acredito."
A mulher para na frente de Cuíca, sem entender.
"Qué pasa?"
Ficam os três em fila, lá, parados.
Mas João retrocede. Os primeiros passos andando de costas, o olho fixo em Cuíca, o segundo da fila. Depois dá de costas e aumenta a velocidade dos passos. Descida, agora.
João volta para a porta da, vá lá, bunda. Espera um táxi que não demora. O táxi sobe a rua. João passa por Cuíca ainda parado no meio da calçada e a mulher, parada na frente dele.
Quando João passa, dentro do táxi, Cuíca abre os braços em um protesto mudo e depois gira o corpo para seguir o táxi com o olhar.
João vai para o hotel.
No dia seguinte, está tenso. Não sabe como vai ser o encontro com Cuíca.
Desce para o café da manhã já com a parte da bagagem que necessita para os dias em Acapulco. O restante ficará no depósito do hotel até a volta dele e a sequência da viagem até o Brasil.
João está na mesa do café.
Cuíca chega na porta do salão. Para. Seu habitual senso teatral.
Há mais brasileiros no hotel. Há o seminário da firma e há uma festividade de premiação dos funcionários. A viagem, para muitos deles, é uma espécie de prêmio, além do que vão receber em dinheiro vivo, por resultados obtidos no ano anterior.
Cuíca chega na porta, olha para João, balança a cabeça em

concordância muda com suas certezas prévias, e berra, apontando o dedo para ele:

"Vacilão."

Há risadas esparsas e essa seria uma boa maneira de saber quem são os brasileiros, pois o que parece é que todos os brasileiros já sabem de antemão que João é vacilão. Que, em sendo chamado de vacilão, nenhuma explicação suplementar é necessária.

E isso é tudo.

Cuíca também está com sua bagagem para Acapulco. Depois do café, vans contratadas levam todos para o aeroporto. João e Cuíca não conversam mais nesse dia nem nos próximos, não sobre o episódio das tias.

Depois João vai saber que Cuíca, sim, comenta. Como comenta sempre, a respeito de todas as mulheres com quem se relaciona, sejam elas garotas de programa que ele nunca mais vai ver, sejam amantes ocasionais que ele mantém em cidades em que costuma ir com frequência por causa do trabalho.

E o que ele comenta é que a coisa foi mais ou menos. A mulher tira a roupa e fica com um crucifixo no pescoço.

Depois tira o crucifixo. Mas antes, beija o crucifixo, ainda com a corrente pendurada no pescoço e mexe os lábios como quem reza baixinho.

E aquilo atrapalha Cuíca um pouco.

João tinha reparado no crucifixo quando todos estavam na mesa da churrascaria/bunda.

Foi, inclusive, algo positivo, que o incentivou a topar a ideia do programa compartilhado.

Ficou imaginando o crucifixo, grande, ele arranhando devagarinho, de levinho, com a ponta de metal, a pele morena da mulher, os risquinhos um pouco mais claros adquirindo aos poucos um tom rosa. E ela:

"Ai, ai."
Em português mesmo.

É nela que João pensa, depois, no aeroporto, no embarque para o Brasil.

João está lá, parado, olhando as vitrines sem ver, enquanto pensa no crucifixo e na pele morena da mulher.

Como teria sido se.

João quer comprar um presente para o filho.

Um CD de música. Não tem a menor ideia do que o filho gosta. O especial do B. B. King que ele escutou no rádio gringo do Chrysler/DeLorean faz parte da divulgação de um disco novo, em que o mestre de blues toca com o conjunto U2. João acha que o filho pode gostar do U2. Seria uma maneira de os dois gostarem de uma mesma coisa. Não de uma mesma coisa. Gostarem de coisas diferentes mas ao mesmo tempo. O que talvez seja o máximo que João pode almejar.

Depois desiste.

Compra uma T-shirt de universidade americana. Na frente, escrito Monterrey, Universidade da Califórnia. E uns algarismos, provavelmente para simular o número de matrícula. Não eram verdes.

Isso no aeroporto do México, o que torna quase certo que a T-shirt de Monterrey, já falsa por princípio, seja falsificada outra vez. E João compra o tamanho errado. Fica justa no filho. É usada poucas vezes, mais para não fazer desfeita ao pai, e depois some.

Para Lola, João compra uma roseta asteca, tão falsa quanto a T-shirt. Um baixo-relevo com uns motivos meio misteriosos. Para fingir que é uma antiguidade, o plástico bege vem com uma camada marrom por cima. Coisa de objeto que acaba de ser desenterrado em sítio antropológico e ficou com um pouco de terra. Lola não sabe bem onde pôr aquilo em uma casa já atulhada. Acaba arranjando um lugar na varanda. Bate chuva nesse lugar, quando chove forte. A tinta marrom sai. Fica só o plástico bege. Depois a roseta também some.

    E há o que não some. Pelo menos da minha cabeça. Acabo dizendo.

"Ó, dois homens trepando com uma mesma mulher, e nem precisa ser ao mesmo tempo, serve um depois do outro, na verdade podem estar atuando a fantasia de trepar um com o outro. Foi o que te fez retroceder, né, naquela rua da Cidade do México?"

    João não responde.

    Agora temos, aos poucos, uma novidade. Além de nós dois e de tudo mais que já há no escritório, todos os tempos ali presentes ao mesmo tempo, perfilados para a trombeta final da falência ou venda da editora, o que não ia demorar, tudo que havia a incomodar a eternidade imutável daquele escritório que bem merecia ficar lá, fechado, mumificado, lá, igual, mesmo depois de o mar cobrir a rua. E a novidade é o silêncio. Que, aliás, era o começo do resto todo. Nós e o próprio escritório tentando inventar os dias por causa de um silêncio. Agora ficávamos, os três, com o silêncio, mais presente, cada dia.

    O silêncio do escritório existe. É uma quarta presença, além de mim e João, e do escritório em si. Ok. Não é a quarta. É de perder a conta.

    João repete várias vezes sua fala sobre a diferença entre a ida e a vinda, a mesma Augusta, mas a diferença, a ida como quem vai para outro mundo, o mundo maravilhoso das garotas de programa. E a volta com a constatação de que mais uma vez o outro mundo foi curto, rápido. E, principalmente, previsível. Não estava à frente, no novo. Mas atrás, no antigo.

A ida e a volta ficando parecidas, a ida, a descida da Augusta já com parte do peso que haverá na volta, a subida. A subida, dessa vez na ida, para o hotel da tia mexicana já sendo isso mesmo, uma subida/ida de volta. Então, para que ir.

Dentro do escritório, nossos olhos, no fim desse período, aliás curto, em que nos falamos quase todos os dias, por sua vez, também desistem, eles, de subidas e descidas e ficam pelo chão mesmo, o tapete de flores estilizadas, muito ordeiras, simétricas. E o tapete poderia ser um exemplo do que não tínhamos. A ordem, a simetria.

Mas não é.

Porque parte dele some embaixo dos móveis. No silêncio do escuro embaixo dos móveis, some, lá, interrompendo assim a simetria, que passa a ser só adivinhada. Aposta onde talvez não esteja, nada garante que esteja. E essa intervenção dá sentido ao tapete. Ele fica parecido conosco. Fica parecido com o silêncio. E dávamos todos juntos, então, um significado ao que João contava, cada vez mais devagar, com mais pausas, trepadas cada vez mais grosseiras, com detalhes mais chocantes e que, ao contar, ele escutava, ele mesmo, o que contava, e acrescentava, ele também, o que as palavras não tinham.

Mas o silêncio crescia.

E aí piorou tudo, porque conheci Lola. E na cena que me ficou, ela sorri em silêncio. Sorri para mim, as pernas cruzadas, perfeitamente cruzadas, simétricas. E em silêncio.

As pernas cruzadas de Lola.

É do que mais lembro, as pernas cruzadas. O sorriso e o cheque nas mãos. Outro cheque. O segundo cheque.

É a oportunidade ideal, diz João.

E é.

Comemoração de fim de ano da imobiliária, em um clube, com direito a coquetel, discurso e, principalmente, conversinhas com outros corretores. A ideia é eu me vender como a pessoa certa para tocar obras, dar soluções, facilitar vendas. Eu, a porreta.

Me conhecem tão pouco.

Fico lá num canto.

Lola ia receber um prêmio. Melhor Corretora. E é sempre uma dificuldade. Porque o prêmio se chama Melhor Corretor e na hora que chamam Lola no palco aparece a complicação.

"E agora, o prêmio de Melhor Corretô."

Uma pausa.

"Ra."

E o sorriso mais largo do que precisava, para cobrir o embaraço.

Mas o caso é que ela ganha o prêmio, um cheque que não lembro mais de quanto era mas que considerei ser uma grana preta, na época.

Não quer dizer muito. Qualquer dinheiro um pouco maior do que o do ônibus e um sanduba me parecia uma grana preta, na época. Mas até devia ser, mesmo.

E eu lá, não fazendo o que eu devia fazer, entabular conversas proveitosas para meu futuro, se não o profissional, já que não tenho profissão alguma, ao menos para meu futuro físico. Sobrevivência, ponto. A do dia seguinte, semana seguinte.

Não faço.

Fico só vendo os outros. Já sabia, antes, que não ia conseguir. Não vou conseguir ser a mestre de obras, capacete, ordens, uma turma de pedreiros me obedecendo, maravilhados com minhas soluções engenhosas.

"Aqui a gente passa o cano direto para o além."

Não vou conseguir. Nem isso, nem manter o apartamento e nem mesmo sobreviver de forma independente, sem ter de voltar para a casa da minha mãe, com minha irmã na casa ao lado, me olhando do jeito que me olha, sem eu precisar sequer estar perto para que ela me olhe desse jeito. Me olha assim mesmo de longe, eu sinto. E que é um jeito de olhar com total desprezo e superioridade, porque ela sim conseguiu uma vida de sucesso, casando, tendo filho, cachorro e um meio expediente, graças ao nepotismo da família do marido, em uma coisa que nunca consigo decorar o nome. Algo parecido com tribunal de contas, advocacia-geral e outras palavras sem sentido. Mas isso, claro, sou eu, que não estou à vontade nem com essas palavras nem muito menos com gente que está à vontade com todas as palavras, principalmente as que são ditas em voz bem alta, e também completamente à vontade, todos eles, com os garçons passando. Conversas, risadas, pego um copinho.

Pego um copinho.

Depois outro.

Nada nem parecido com os três, quatro uísques caubóis que entorno com a maior facilidade todos os dias no escritório com João. Meus dois copinhos não fazem nem cócega. Também não ajudam. Continuo sem conseguir dizer um oi para a pessoa que está mais próxima. E que muda. Ficam próximos, tentam um sorriso, depois olham com mais atenção para minha cara e se movem devagar para longe.

E isso é mais ou menos tudo até o fim.

E aí, quando acaba, todos saem do salão. Há uma sala que dá para esse salão. Todos saem, Lola também. Mas Lola não sai de todo.

Senta no sofá dessa sala intermediária. É um meio caminho entre o salão do evento, a piscina, o restaurante à beira da piscina (a essa hora fechado) e a saída propriamente dita. A saída é um caminhozinho onde bate uma chuva fortíssima e dá na guarita de entrada, onde há um teto.

Na guarita também há a roleta, pela qual passamos, nós duas, ao chegar, sob o olhar que se esforça para ser neutro do guarda, avisado de um evento e convidados sem crachá de sócio. O que ele não gosta nem um pouco.

Lola está de pé, parada, nessa sala intermediária e se despede dos colegas que seguem para a saída. Guarda-chuvas sendo abertos. Eu não trouxe. Quando quase todos já saíram, ela senta no sofá.

E cruza as pernas.

As pernas cruzadas me parecem um sinal de que Lola está lá para ficar.

Há um balcão meio escuro no fundo dessa sala, com um cara quase dormindo e que é quem deve fazer os drinques para os sócios do clube, esses pobres coitados não contemplados pela boca-livre do evento. Mas quase não há sócios nessa hora. E nessa chuva.

Lola faz um gesto à distância.

"Um uísque."

Resolvo ficar. Parece que as coisas vão melhorar.

Lola fica lá, esperando que o cara vá servi-la, o que ele faz, com uma tolerância que está prestes a se esgotar em relação aos intrusos do dia.

O cara traz a bandeja, o copo, o gelo, serve o uísque na frente dela, a castanhinha-de-caju.

Estávamos juntas.

Mas não peço uísque nem sento. Ainda.

Primeiro, não teria como pagar. Segundo, já bebi dois copos de alguma coisa que chamaram de vinho branco mas era xixi de gato e para mim está bom.

Viemos juntas, eu e Lola. Um mesmo táxi.

Lola, desde a separação de João, se nega a andar no carro que foi de ambos.

Acho que entendo.

É uma espécie de controle da intimidade, um do outro, que ela não está a fim. Se ela pega o carro e ele vai até a garagem dela para pegar o carro, saberá que ela saiu. Se ela avisa João a cada vez que vai precisar do carro, vai ter de, justamente, avisar.

Então, táxi.

Depois, quando João se muda para o apartamento que nesse momento ainda é o meu, ele continuará guardando o carro na garagem do seu antigo apartamento, o apartamento de Lola, o que já faz desde que migra para o apart-hotel.

Mas aí o jogo muda. Não é mais controle de nada. É só um vínculo, ainda que no subsolo, uma memória de subsolo, que ele tenta manter. Ressentimentos de ratinho. Mal sabe ele.

Mas, sim, táxi.

Viemos juntas e, na volta, pensei eu, o mesmo táxi, a mesma carona grátis. Mas Lola senta. O uísque.

Convida. Ou seja, não teria, eu, de pagar. Mas digo que não quero o uísque.

No entanto, sento na pontinha da outra poltrona. A chuva. Fortíssima. É o que me digo. Que preciso de um tempo para saber o que vou fazer em relação à chuva fortíssima.

Em outro conjunto de sofá e poltrona, perto da gente, três caras sentados também com uísques na frente deles.

Noto, logo quando a cerimônia acaba, que Lola olha, com um pouco mais de atenção do que eu esperaria, para eles.

Não tenho nada com isso.

Aliás, ela é uma mulher sozinha que faz o que bem entende e não é por eu ser amiga do marido dela que o que ela faz ou deixa de fazer me diz respeito.

Amiga do ex-marido.

Não sei se fui.

Amiga de João.

Até hoje não sei se foi isso.

Não sei como classificar.

Porque tivemos uma intimidade que raramente tive com qualquer outra pessoa. Acho que a mesma coisa pode ser dita a respeito dele. Mas não sei. Era um cenário diferente. Era como se, uma vez entrando naquele lugar de luz calma e pouca, de paredes que inchavam livros, sem som da rua, sem som de telefone, onde tudo parecia estático, por ser tudo estático, tudo mudava. Um outro mundo, outro entendimento de tempo.

Mas acho que, sim, fui amiga dele porque gostei dele. E é esse, de repente, o único critério.

Então, sim, amiga dele. Mas, mesmo sendo amiga dele, nada tinha eu a ver com o que Lola fazia ou deixava de fazer. E eu começava a gostar dela também.

Amiga de Lola.

Porque Lola senta, cruza as pernas, sorri para mim. Uma coisa meio cúmplice que custei a perceber.

O cara traz o uísque e Lola torna a olhar firme para os caras do sofá ao lado, que agora olham de volta.

Um se levanta.

"Você vem muito aqui?"

E se nós duas gostaríamos de nos juntar a eles.

O cara que vem até nós aponta para os dois que ficaram no sofá e que olham para nós com cara de meninos a fim de uma estripulia. Quando olhamos para eles, fazem um cumprimento com a cabeça. Educadinhos.

Lola ri. Ri sozinha. Ri para baixo, olhando o copo que tem na mão. Ri mais do que eu esperaria. Aí levanta a cabeça e diz que não. Não quer mudar de lugar. Mas por que eles não se chegam até onde nós estamos.

O cara faz um sinal com a mão e os outros dois levantam imediatamente, trazendo seus copos e suas castanhinhas-de-caju, guardanapinhos e maletas de trabalho. Os dois que ficaram sentados estão de terno. O que veio até nós, não.

Se apresentam.

Um deles, o da abordagem inicial, se chama Carlos Alberto. Tem outro chamado Pedro, o terceiro eu não guardei.

Lola é uma mulher bonita. Mais velha do que eu um pouco, mais nova do que João um pouco. Loura, alta e magra.

O flerte dos três é descarado. Com ela. Pareço, só para variar, não estar presente.

Lola sorri, olha para eles, sorri mais.

Vira o uísque de uma vez.

"Então tá. Vamos festejar."

Ela já havia contado do prêmio, em resposta à pergunta se íamos muito ali.

"Não. Só venho quando ganho prêmio."

E citou o montante, que não lembro qual era mas que era muito.

Uma competição de paus.

Lola sabia perfeitamente o que estava fazendo, e com quem.

Era de propósito, o pau na mesa, o montante explicitado.

Os três ficam impressionados, é visível.
Mas ela vai além.
"Alguém topa festejar mais um pouquinho?"
Os três se entreolham, fingem que não entendem, precisam ganhar o tempo necessário para se recuperarem da entrada dura dela num jogo que consideram deles, só deles.
"Porque está tudo muito bem, tudo muito bom, mas tou a fim de trepar."
Mais olhos que se entreolham, risadinhas. Eu, que em geral não existo, meio que viro uma capa por cima da minha poltrona. Nem me mexo.
"Alguém topa?"
"Eu."
"Eu."
"Eu."
Lola fica quieta, séria de repente, olhando os três. Depois vem um leve sorriso quase triste.
"Ok."
"Ok?"
"Ok. Vejam aí como vocês querem fazer."
Um deles começa a falar de um hotel logo ali, depois do túnel, na Hilário de Gouveia. E que ele está de carro. O outro assente, como quem diz que topa ficar esperando no hall desse hotel para ser o segundão.
Carlos Alberto interrompe.
Ele tem um cômodo à disposição, ali mesmo no clube.
"Pra que sair nessa chuva, né, gata?"
E acrescenta que os outros dois terão de se virar depois arranjando outro lugar para ir com Lola, porque, inclusive, não é permitida a entrada de não sócios nesse cômodo, uma espécie de depósito que, no caso dele, não é um depósito. É um lugar que

ele mantém arrumado porque usa com frequência como lugar de estar.

Olham para Lola.

Ela fica um pouco em silêncio. Aí diz:

"Tudo bem, mas vocês têm de pagar."

Um dos outros dois pergunta, idiota que é:

"O hotel?"

"Não, querido, eu."

Mais risadas, mais altas do que o necessário, para que tenham o tempo de absorver mais esse golpe.

"E quanto é?"

Ela diz.

Também não lembro, mas sei que era um valor muito alto.

Eles se entreolham.

Mais risadas.

"Mas vale?"

"Acabo de subir."

E diz outro valor, um pouco mais alto do que o primeiro.

Os três tornam a rir. Mas Carlos Alberto mete a mão no bolso. Tira um talão de cheques.

"Você vai ter de aceitar cheque. Não tenho como tirar dinheiro a essa hora com essa chuva."

Um dos outros diz:

"Cara, você é completamente doido, não faz uma coisa dessa."

Formam-se como que dois grupos, como em duelos, em que há os que duelam e os que acompanham e dão apoio, cada um a seu espadachim.

Faço meu papel.

"Não aceita cheque, Lola. Ele pode sustar."

Lola olha para mim com o afeto calmo com que me olha

todas as outras vezes nessa noite que é a única noite em que nos vimos na vida.

Diz que o que está se desenrolando na minha frente é uma competição de medos. Quem terá mais medo.

"Eu, de que outros saibam que cobrei o que estou cobrando, por uma trepada. Ou ele, de que outros saibam que ele pagou o que está pagando, por uma trepada."

Porque nada mais fácil, acrescenta, muito calma, do que descobrir dados sobre a vida de Carlos Alberto a partir de um cheque assinado, com nome e CPF embaixo.

O silêncio é total.

Os dois outros se levantam, dizem que vão embora, batem no ombro de Carlos Alberto quase com pena. Também me levanto. Não só porque não tenho motivo para continuar lá como porque tenho esperança de conseguir carona.

Não consigo.

Passo pela roleta e fico embaixo do telhadinho incapaz de me proteger da chuva fortíssima, de vento, enquanto vejo o carro dos dois sair do portão do estacionamento, virar de costas para mim, as duas luzinhas vermelhas, eis uma simetria, e que se afasta. Fico lá, encolhida e molhada.

E completamente deslumbrada.

Fico lá, ainda um tempo, rindo sozinha. Com vontade de rir alto e falar alto e contar o que eu acabava de viver/ver para as árvores da avenida em frente, para a enxurrada que lava a avenida em frente.

"Não acredito!"

O cara da portaria está ali, na guarita, e me olha com cara de quem acredita. De que o tempo que tem naquele emprego faz com que acredite, seja lá o que for que eu não acredito. Logo que me postei por ali, esperando a carona, o fim da chuva, o início de outra chuva, essa de dinheiro, ou alguém que risse comigo do que acabava de acontecer, o cara me olhou com irritação por eu estar lá, uma testemunha do seu emprego merda. Mas agora, eu lá, de pé e molhada, e rindo sozinha embora obviamente sem um tostão, ele já me olha com benevolência, me considera uma igual. E sou.

Ficamos. Eu e ele.

A chuva passa. Passa depois de alguns ônibus que também passam mas não param, mesmo porque não consigo fazer um sinal visível para os motoristas, debaixo do meu telhadinho, totalmente molhada, só um braço esticado à toa, um traço de lápis, desmilinguido, meio apagado pela chuva.

Um traço meio apagado à la Sofia Coppola.

Não existem ainda celulares que tiram foto, nessa época. Eles são ainda uma espécie de tijolo. Fazem ligações de voz, mal, e aceitam mensagens tecladas com grande esforço em teclados numéricos, precários.

Não tenho nem isso. Sou paupérrima.

Caso existissem, e caso eu tivesse.

Estaria na minha mão. Não uso bolsa. Já não usava e continuo não usando até hoje. Então o celular estaria na minha mão porque eu vestia, como vestia todos os dias da minha vida, tendo ou não comemorações para ir, a calça de napa preta, muito justa, de bolsos traseiros. O celular arriscava, no bolso, a desligar sozinho ou ligar para o Japão, também sozinho.

Então, na minha mão.

E eu lá, na sala ao lado da sala da comemoração, sem saber o que fazer com as mãos, o celular na minha mão sendo uma boa ideia por três motivos.

Na minha mão, o celular não ligaria sozinho para o Japão;

Na minha mão, o celular ocuparia pelo menos uma das minhas mãos, já que nunca consegui ocupá-las, nem uma nem duas, nem naquele momento nem em nenhuma reunião social, nem naquela época nem hoje, eu muito pouco dada a essas coisas;

Na minha mão, o celular ficaria parecendo um objeto útil. Por exemplo, para chamar um táxi, o que, pensando bem, não seria muito útil, já que chamar o táxi era fácil mas pagá-lo nem tanto.

Resta uma quarta utilidade.

Porque se Lola fosse uma Maria Antonieta da Sofia Coppola, eu, como figurante, poderia ter um celular que tira foto na mão mesmo sendo em uma época em que ainda não havia celular que tira foto. Uma versão nossa de um futuro que tem volta.

E Lola diria, eu me levantando para sair, o celular que tira foto na minha mão:

"Antes de ir embora, tira uma foto como lembrança da minha comemoração."

E eu então apontaria o celular para ela.

E, enquanto aponto e preparo o celular, Lola chega mais perto de Cuíca, sorri e põe o cheque do pagamento da trepada na frente dos dois. Cuíca está com cara assustadíssima. Ela tem o cabelo perfeitamente arrumado.

Depois, vejo.

A foto saiu tremida. Não guardo. Tão tremida que não dá nem para ver o que é.

Caso foto existisse.

Os cômodos, sim, existem.

O clube de fato mantém cômodos à disposição de seus associados. Os associados guardam, lá, as tralhas dos barcos ancorados na marina, objetos pessoais. São cabines em fila, de frente para o pequeno cais do clube. Na frente das cabines, o farolzinho ridículo, um símbolo fálico pequeno, ridículo.

A administração proíbe o pernoite dos sócios nesses pequenos espaços individualizados, mas uma gorjeta resolve a questão.

Na minha lembrança, João descreve esse clube na última vez em que estivemos juntos no escritório da editora. Mas sei que nada é assim tão certinho. Então desconfio. Mas se não foi na última, foi perto disso. E não por causa do que ele me fala sobre o clube e do que eu apreendo a partir daí. Mas por causa do silêncio.

O silêncio, e não as barbaridades que continuavam e continuavam, era o que, a cada dia, ainda mantinha um sentido para nós dois.

Mas, para o silêncio existir, não precisávamos estar lá. Nem juntos.

Então, sim, em uma das últimas vezes.

Em meio às barbaridades.

A barbaridade do bombom.

"Pus um bombom dentro dela. Chupei. Foi legal. Mas o cheiro do chocolate atrapalhou. Não era para eu sentir cheiro de chocolate nessa hora. Juntou com Todinho, uma coisa de infância. Não sei se a minha, se a de meu filho, mas de qualquer jeito, nada a ver."

Bombom de frigobar. De cereja. Tinha licor. João precisou interromper um pouco o ritmo para dar um jeito no licor.

Um chulurp.

"Teve um chulurp meio alto."

* * *

A barbaridade da pizza.
João vai direto do trabalho, que atrasa, para a Kilt. Não jantou. Pede uma pizza no quarto do hotel já com a garota de programa ao lado. Come um pedaço, a garota come um pedaço. O resto da pizza, já meio fria (João averigua com o dedo), João emborca em cima da garota. E faz um segundo round na cama e na pizza, a partir das rodelinhas de tomate, agora acrescidas de mais duas.
"Olha só, dois tomatinhos extras!!"
Que mordisca.

A barbaridade do por favor.
"A garota pediu por favor para eu sair com ela, porque se eu não saísse, ela ia ter de acabar aceitando o programa com algum velho gordo qualquer, então ela pedia:
Por favor. Por favor.
E eu saí.
E ela teve de pagar o favor."

A barbaridade do xixi.
É no Recife, essa.
João vai a uma boate cujo anúncio ele vê nas últimas páginas de uma revistinha de turismo, dessas que são distribuídas, ou eram, nos quartos dos hotéis. A revista está em cima do frigobar. João chega, se joga na cama sem tirar a colcha, sapatos ainda nos pés. É assim que chega. Se joga na cama e pega a revistinha. Já sabe que estão lá, as últimas páginas.

Toma nota do nome, do endereço. E liga para Lola, o papelzinho anotado na mão.

"Oi, querida, tudo bem?"

Tudo bem.

E vai.

Igual a todas as outras vezes em que vai.

Homens sentados, garotas passando, pedindo cigarro, bebida, se podem sentar, o papo desenxabido igual, sempre igual.

"Você vem muito aqui?"

João chama uma delas para sentar e depois de um tempo saem, e ele quer, mais uma vez, tentar quebrar o esperado, a rotina que se instala na sua não rotina, o que já é uma rotina, ele já sabendo que a quebra da rotina é uma rotina.

Tenta, inventa.

Em vez de ir ao hotel de trepada, ao lado, leva a garota de táxi para o hotel em que está hospedado, na praia da Boa Viagem.

Trepam, dormem.

João reconhece que a culpa é dele, por ter chamado a garota para ir ao seu hotel. Para passar a noite. De manhã, ao acordar, ela faz xixi no banheiro e fica de porta aberta, sem interromper o que fala com ele, a banalidade qualquer que fala com ele. Uma intimidade como que de vários anos, o que, aliás, ele nunca teve com ninguém, Lola aí incluída. Uma intimidade da qual sempre fugiu.

João detesta essa porta aberta.

Fala para a garota se vestir, diz para ela ir indo, que ele ainda vai tomar banho, fazer barba, se arrumar, telefonemas, o trabalho.

Ela vai.

Ele toma o café da manhã sozinho. Gosta de tomar café da manhã sozinho, mas dessa vez tem mais um motivo. Ele espantado com ele mesmo, demorando para terminar aquele café da manhã, mais uma xícara, e mais uma.

Porque ele nota que não foi o xixi, o problema. Foi a ideia de que a garota estava achando o que ela falava importante. Aliás, pior. Foi ele perceber que nem passou pela cabeça dele considerar que a garota falava algo importante.

Quebra de rotina, sem dúvida. Isso de ele perceber algo sobre ele mesmo.

É cara, essa trepada. Porque João paga pela noite inteira da garota. E também é cara por mais esse motivo.

E mais uma.

E mais a que fez com que João seguisse de táxi até um bairro distante, onde ela precisava pegar uma enorme sacola com roupas e João foi, sem se tocar e não se tocou sequer quando contou, que serviu de motorista para uma garota pegar uma sacola de roupas, simples assim.

E mais outras.

E mais outras e outras e ele fala pouco, pela metade, menos que a metade.

E no meio de uma e de outra garota, algumas não pagas, algumas que ele considera iguais a ele, transgressoras que são, mas todas apenas peças, ferramentas, de sua habitual estratégia de se sentir bem. Melhor, superior. E superior na hora mesmo em que olha para a pessoa à frente, e essa pessoa não sabe de onde ele está vindo, não sabe o que ele acabou de fazer, de viver, no olá, tudo bem.

"Oi, querido, como foi de viagem?"

"Tudo ótimo."

Quantas vezes.

* * *

Eu pergunto.

Uma hora qualquer, um dia mais para o fim de nossas conversas, nem lembro, e pergunto mais para entrar num desvio do assunto principal, esgotado. Mais como rota de fuga.

"Depois que você saiu da Xerox nunca mais viu Cuíca?"

E ele diz que Cuíca também aceita o mesmo plano de demissão incentivada que ele aceitou, mas que, ao contrário dele, não procurou outro trabalho.

Cuíca é um pouco mais velho do que João. E tem um cargo um pouco melhor do que João.

"Ele tem dinheiro. Deve ter bem dinheiro. Não precisa."

Embora, um percalço.

A mulher do Cuíca também expulsa ele de casa. Na mesma época em que Lola e João se separam.

E João então acrescenta o que poderia não ter acrescentado. Uma dessas bifurcações. Por aqui ou por ali. E a vida muda.

Era para ser só um comentário, desses bobos, sem importância. Desnecessário. Nem fazia parte da conversa. E se ele não tivesse falado, eu jamais teria sabido.

Porque Cuíca saiu de casa e foi morar dentro do Honda Civic dele, no estacionamento do Iate Clube.

"Não por falta de grana."

Mas porque é tão legal, isso de morar dentro de um carro que, a qualquer momento, ao mais leve toque de um dedo, sai a mais de cem por hora em direção a um mundo melhor.

E João continua.

Que Cuíca levou de sua ex-casa nada ou quase nada. Uns lençóis de algodão egípcio com que se cobre à noite dentro do Honda, vidro fumê fechado, motor ligado no ar-condicionado indispensável ao verão do Rio de Janeiro. Motor ligado sendo a prova, aliás, de que o arranjo não é falta de grana. O Honda bebe dinheiro alto.

E mais.

Que Cuíca arrumou a cabine dele de sócio do clube, perto da marina, com um sofá, um notebook e as coisas dele, e que quem viu diz que ficou um lugar ótimo para ele passar o tempo livre, ler um jornal, ver uma TV.

Que Cuíca se virava muito bem.

E que, inclusive, só estava esperando a partilha de bens para tomar outro rumo na vida e sair da cidade. Curtir um surfe numas praias, velejar. Essas coisas.

Levei um tempo.

Demorei um pouco.

Não só porque o que João falava, e isso já há sei lá quanto tempo, entrava cada vez mais como névoa no meu ouvido, a fala dele também saindo dele cada vez com menos começo, meio e fim, tudo virando uma coisa só, as idas, compulsivas, às garotas de programa. As voltas.

"Larguei os programas nem por nada, não."

Larga porque já sabe o que vai acontecer, o que vai ser falado, feito, por ele, por elas. Vai largando. Não é bem uma decisão. E tem o fim das viagens da Xerox. Para continuar com os programas, ele teria de mudar seus hábitos e passar a trepar com garotas de programa na própria cidade em que vive, o Rio de Janeiro.

E isso é meio perto demais de sua vida com Lola, com quem ainda está casado.

Ou seja, o assunto, no dia em que ele fala do Cuíca e do Iate Clube, envereda para onde envereda sempre: Lola e a injustiça desse mundo.

"Não tá certo. Não só porque essas coisas são o que são,

como a gente fala aqui. Mas também porque já acabaram, estão no passado, finito. Porra."

E se queixa da Lola.

Fujo. Alguma das minhas rotas de fuga, sei lá qual.

Então, demorei a perceber.

Depois, ele ainda continua falando, uma transa acho que em São Luís, uma em que ele não lembra da garota, como nunca lembra. Mas lembra do técnico do cliente, que o acompanha, e que se chama Raimundinho.

E da música.

E ele fala.

"Um forró, sabe, um lugar meio ao ar livre."

E a dança lá deles que já é quase uma trepada.

E ele fala e tenho vontade de dizer para ele calar a boca um instantinho porque eu precisava pensar.

Porque demorei, mas entendi.

E aí, o que eu precisava pensar era em como elaborar a pergunta de maneira a não ganhar outra pergunta de resposta.

"Cuíca por acaso é um cara magro, pequeno e bem moreno?"

"Como você sabe?"

Não.

"O nome do Cuíca é Carlos Alberto?"

"Como você sabe?"

Também não.

"Cuíca já estava nesse esquema aí do Iate Clube no início do mês passado?"

"Como você sabe?"

Igualmente não.

Enfim elaboro:

"Qual é o nome do Cuíca?"
"Carlos Alberto."
"Ah."
"Por quê?"
"Nada não."
Só uma confirmação, na verdade. Desnecessária. Eu já sabia.

Depois amplio.
Sim, Lola às vezes acompanhava João em festas da firma, ele me informa.
Portanto, provavelmente foi apresentada a Cuíca e aos outros dois do clube. Nessas festas corporativas, os funcionários levam suas esposas e apresentam, a mão pousada de leve nas costas delas:
"Essa é a fulana."
E o outro sorri o sorriso-padrão, dá dois beijinhos, fica ali por uns minutos até poder dizer:
"Você já falou com o sicrano?"
E com isso, levar o macho casado para longe daquele traste, para os grupinhos onde se dão as verdadeiras conversas, onde se ri alto, as esposas sem saber do que riem, sentadinhas em mesas redondas, só delas, quietas, olhando tudo fingindo grande interesse, ou trocando frases esquecíveis sobre qualquer coisa.
Portanto, Lola sabia que Cuíca era Cuíca assim que o viu no sofá da sala do Iate Clube. Testou para ver se ele, primeiro, a reconheceria. Testou depois se, não a reconhecendo, iria cair em cima dela como cairia em cima de qualquer mulher minimamente comível.
Cairia se estivesse sozinho. E mais ainda na presença de colegas, a coisa se tornando uma quase obrigação. Um jogo.
E ela então jogou o jogo. Mas ao contrário.

* * *

E pode ter tido outro jogo.

Que não joguei.

Pode ser que parte do acontecido tenha se dado por minha presença. Um jogo na minha frente para que eu, amiguinha do João, contasse tudo depois.

Acho que não. Mas pode ser.

De qualquer modo, não funcionou.

Ainda vi João depois disso inúmeras vezes. Eu ainda não atinava o que exatamente presenciei naquele sofá de clube. Antes de atinar, eu já não tinha intenção de falar. Depois de atinar é que não falei mesmo.

Nem para João nem para ninguém, guardando comigo, como um filme que vi/não vi. Como uma foto que não tirei.

Porque há o período de conversas diárias ou quase diárias com João, em que ele fala de coisas onde Lola não está, a antítese de Lola, e que são as garotas de programa. Fala e fala, e muito aos poucos, e só depois dessas conversas acabadas, noto que ele fala e fala, e fala principalmente do que não fala. De Lola.

E que essa era a melhor, ou a única, maneira que havia de falar dela. Não falando. Pela ausência.

Depois desse período em que conversamos, então, quase todos os dias, delineando, no ar tão atraente quanto o de uma boate de garotas de programa, e que era o ar do escritório da Marquês de Olinda, delineando nessas cores que se abatiam nos fins de dia, uma Lola que não estava lá, depois desse período, ele compra meu apartamento afinal. Mariana vai para Petrolina com Gael. E eu já arranjava, eu também, meus esquemas de sobrevivência que afinal funcionaram. Tudo piorou bastante. E depois melhorou. E nessa piora/melhora, voltei várias vezes a esse edifício, o edifício que virou o edifício do meu ex-apartamento, o edifício do apartamento de Lurien. Voltei como hóspede de Lurien, o ex-vizinho e agora amigo. E como conhecida, e apenas isso, de João.

Vi ele, de raro em raro, nos halls e corredores, onde nosso papo manteve o silêncio já concretizado em um escritório que não existia mais. Mas algo sempre fica, coisas que não se apagam de todo. Nos olhávamos, fundo, sabendo tão bem, nós, que afinal nem sempre há palavras.

Que, afinal, de fato, tem dessas coisas.

São dessas coisas.
Tão difíceis.
Porque, então, já no fim de nossas conversas, mas principalmente depois, em todos esses anos em que vi/não vi João, eu já não mais uma amiga, não mais alguém que o escutava, mas a hóspede de um vizinho, eu já pensava em Lola e pensava que as conversas sempre tinham sido sobre ela. Em quem João jamais pensou. Cuja presença jamais existiu em nada do que ele fez.

E que, vinda como ele de uma Olaria que também não existia, ou pelo menos não mais existia do mesmo modo, Lola era a única possibilidade de ele se entender. Ela sendo o silêncio dele, concreto, sobre uma origem que ambos agiam como se não importante.

Um silêncio antigo.
Estou em silêncio. Como antes. Ainda meio escuro lá fora. E é como se fosse o mesmo verão, ainda aquele, que afinal acaba.

Mentira (mais uma, é o que mais tem). O silêncio não é o mesmo. O do escritório era mais radical.

Porque tínhamos isso, nós dois, eu e João. Ele descrevia suas trepadas com putas, motivado, em parte, pelo que ele imaginava que era minha vida com Mariana. Mas não gostava que eu existisse, que eu falasse, interrompesse, eu não podia contradizê-lo, eu, tão jovem e tão dura, eu lá, na frente dele. Mas se ele queria parecer um cara porreta capaz de embarcar num jato de luz, buscar algo além desse mundo banal, eu também queria parecer ser mais do que era. Calça preta, camisa social masculina, eu, a dura, a brava para caralho, nada me atinge, me derruba, eu lá, sentada no escritório dele, nossos dois copinhos de plástico com o uísque caubói.

O uísque ficava dentro de um fichário de um tipo que não existe mais, com pastas de cartolina verticais, em ordem alfabética. E que guinchava quando aberto, por causa dos trilhos.

Na do U, lá atrás, ficava a garrafa.

E escuto, e quase choro, a risada de João.

"Na pasta U de uísque, claro, onde mais."

Ri, o trilho guincha seu guincho. Bebemos. Minha mão às vezes treme. Eu, a brava para caralho, e a mão treme.

E meus desenhos estão em cima da mesa.

Tenho eles comigo. Lurien que achou. Me deu.

Dessas coisas que não há como recusar. Dessas coisas que, uma vez a mão pegando, grudam, ficam, indestrutíveis. Até que um dia vão para a lixeira e nunca mais se pensa nelas. Recordações de um casamento. Desenhos de uma jovem que queria viver de desenhos. Coisas tão frágeis.

Os desenhos estão em papéis que já eram enrugados quando foram usados, e mais enrugados ficaram com a ecoline. E que adquiriram mais rugas ainda, pelas gavetas por onde passaram. Há também manchas feitas em uma coautoria do tempo. Não vou guardá-los.

No entanto gosto deles.

Não dos desenhos, prova irrefutável da minha babaquice,

da minha cegueira, eu sem saber o que era aquilo, como os outros viam aquilo, eu sem ouvir os risinhos. Abafados. Eu trepava com um dos donos da empresa de arquitetura, e isso dava um valor que, não, os desenhos não têm.

Mas gosto deles em cima de uma mesa de mogno, ao lado de um Fernando Pessoa ao contrário em um escritório que não existe mais, quando eram manuseados por um cara que também não existe mais.

Vão para o lixo.

Mudei. Mudaram.

São de homens, hoje, os meus desenhos.

É o que desenho hoje. Homens nus.

Raramente a cara incluída. Só o sexo. Uma inversão de séculos e séculos de história da arte, em que homens vestidos desenharam mulheres nuas.

Às vezes faço uma mulher. Mas é raro.

João também desenhava. Por cima. E no ar, e com palavras. E nele mesmo. Uma garota de programa por cima de outra garota de programa, sem nunca individualizá-las, acabá-las, sempre faltando alguma coisa, calcando mais da próxima vez, quem sabe agora.

Até a última.

A última.

A implosão do casamento de João e Lola, segundo João, é um azar desses que acontecem e se dá depois que ele resolve parar de trepar com garotas de programa.

Pode ser que por causa da ida e da volta, cada vez mais parecidas. Ou porque não viaja mais a trabalho. Não ocorre a ele que, mesmo sem esse azar, Lola talvez já estivesse de saco cheio. Mesmo sem saber das trepadas concretas, das situações reais, saberia da falta de envolvimento emocional dele porque isso ela não teria como não saber.

É isso que reconheço, ao recuperar a cara dela, composta, o afeto calmo dela por mim. É o que reconheço. A raiva enorme, igual à minha, submersa.

Nesse caso, Lola fala para João sair de casa não por causa da que é, de fato, a última garota de programa dele. Não pela garota e não por ela, Lola. Mas por João. Porque ela iria desprender o cabelo, abrir a boca. Descruzar as pernas.

Não ia ser bonito. Daí o saia, por favor.

Porque foi assim, educado, o episódio.

Quase vejo.

Depois de muito tempo sem trepar com putas, João volta a São Paulo. Isso aconteceu bem perto da época em que nos reencontramos por acaso na porta da livraria da editora, eu segurando a mão de Gael, ele chegando cedo como sempre chegava.

Sabe que a situação na editora, embora com um salário ótimo, não é sustentável. A editora está falida, em que pese o dinheiro do BNDES, aliás já consumido. Vai ser vendida, não tem jeito.

João aceita dar um workshop sobre print-on-demand em uma faculdade paulista.

A ideia é concentrar as horas de aulas em quatro sábados seguidos, durante um mês.

É uma abertura profissional para ele.

João guarda algum dinheiro, entre a demissão incentivada e o que consegue economizar do salário na editora. Pode até ficar sem trabalhar. Mas não é tão velho e acha que aulas podem ser uma ocupação legal.

Aceita então. E vai.

E vai na Kilt.
Não é só Lola quem faz testes. Ele também. Esse é um. E, como ela, ele também sabe de antemão do resultado. A Augusta a cento e vinte por hora, o vermelho, o brilho, a entrada na boate, essa garota, aquela. O que essa sabe fazer? O que aquela sabe fazer? O teste é se vai haver deslumbramento.
João desce a Augusta.

A ida.
Há uma progressão, se se pode chamar assim.
Ou melhor, uma inversão.
Começa assim, e isso há muitos anos, no início dele na Xerox.
João desce a Augusta em direção ao paraíso das possibilidades em aberto.
Depois, desce a Augusta em direção a um lugar que ele conhece, ao conforto de um lugar onde ele entra com um leve aceno para as pessoas, onde ele já tem mesas preferidas. Um canto na vida dele em que pode beber e olhar, por duas horas, duas horas e pouco, chegando tipo nove da noite e indo embora antes da meia-noite, direto para o hotel da vez em São Paulo. Nem sempre tendo o saco de pegar uma menina, trepar, o ritual, tudo igual.
Em algum momento, entre essa primeira descida da Augusta de um João decidido, uma determinação, um poder, e essa segunda descida, ele indo como quem vai a um lugar que lhe dá o conforto do conhecido, João passa a descer a Augusta cantarolando, toda vez, uma música da Jovem Guarda. Se força a fazer isso. Como que para dizer, para ele mesmo, que se seus carros continuam sendo dos modelos populares, sem luxo, ainda assim ele pode materializar um carro irreal. Cantando.

A rua também se modifica durante esse período, decai.

Mais pichação, mais lixo, mais comércio vagabundo, em cujas portas fechadas há mais mendigos, drogados. Então ele cantarola a música, uma teimosia, um mantra, a teimosia do som acompanhando a teimosia dos pés, ele descendo devagar, cada vez mais devagar, mais sem pressa, e as palavras na cabeça. A teimosia da cabeça, de não desistir de sonhar.

Entrei na rua Augusta a cento e vinte por hora, botei a turma toda do passeio pra fora. Fiz curva em duas rodas sem usar a buzina. Parei a quatro dedos da vitrina.

(E essa é uma autoria compartilhada de tanto que reencenada.)

E aí há a última descida da Augusta. E ele cantarola outra vez ouvindo sua própria voz na garganta, os cento e vinte por hora na voz que canta como um rap, meio que sem a melodia, só mesmo os cento e vinte por hora.

Desce devagar.

João está no fim da Paulista, um hotel mais barato, que ele adota depois dos hotéis caros que a Xerox pagou durante o auge, tanto da carreira dele quanto da posição dela no mercado. João desce a Augusta devagar, observando a si mesmo a cada passo que o aproxima da Franklin Roosevelt e de um João que ele considera como tendo sido fundamental mas não mais existente.

Quer que seja muito bom.

Quer que seja muito bom entrar na boate, a porta abrindo, ele entrando.

E é. Continua.

De um jeito saudosista, do jeito como ele acha bom, quando vai a Olaria, a curva que o ônibus, estúpido, grande, inapropriado, faz ao virar a esquina estreita, antiga, da rua estreita e antiga mas agora com uns estabelecimentos comerciais que antes não havia, e que é a rua que vai dar na antiga casa dos pais dele. E que ele mantém.

Ele acha bom descer a Augusta, e busca, guloso, os restos de uma Augusta anterior e tem raiva dos pés, dos tênis novos nos pés, que descem a Augusta sem respeito, retos. Burros.

Não sei se a Bomboa ou o Café Photo já existem nessa ocasião e ele prefere, teimoso, ir em direção ao passado, à Augusta. Mesmo que já existam, ele, acho, não iria aos novos. À Bomboa, principalmente, tão famosa.

Primeiro, porque, como sempre, é o ambiente, é o entorno, mais do que a garota em si, o que o atrai. Segundo porque na Bomboa a clientela é dos médicos que trabalham no Hospital das Clínicas ali do lado, e João não gosta de médicos. O riso fácil deles, de quem acha que todos acham que eles têm poder de vida e morte sobre todos. E terceiro, a Bomboa tem a rotina de oferecer refeições a um preço fixo, com a possibilidade de aluguel dos quartos e das garotas como uma espécie de sobremesa especial do menu da casa. João nunca achou boa ideia jantar antes dos programas que fez a vida inteira, comendo sempre qualquer coisa, pouca, um bauru, no caminho das boates. Acha estranha a ideia de alguém se entupir de comida para depois fazer um programa. Mais comida. A explicitação de garotas fazerem parte de um cardápio é um passo além do que ele considera bem-educado, uma explicitação que é a dele de todos os dias, comigo, no escritório, mas que ele considera grosseira quando vinda de outra fonte. Acho.

Kilt, então.

A garota senta a seu lado e fica de papo. Diz que, além de fazer programa, também é massagista e João entende que seja massagem sem putaria, massagista mesmo. Ele já está com seu problema de coluna. Ela se estende no assunto. Diz que durante um tempo morou com um japonês que sustentava ela e que é quem ensina a técnica da massagem.

Diz também que é o aniversário dela.

Antes da descida da Augusta, ainda na Paulista, João tira dinheiro de um caixa automático. Está com dinheiro.

Dá um dinheiro a ela, à guisa de presente de aniversário. Ele tentando um O Herói Do Aniversário, uma pessoa importante no Mundo Maravilhoso Dos Aniversários. Acha que é uma soma que equivale a mais ou menos o dobro do preço do programa. Mas O Herói Do Aniversário não emplaca.

Tenta mais. Alguma hora a coisa engrena e ele entra outra vez no tempo que não é o tempo real e num lugar que não é o lugar real, embora ele saiba que sim. Porque tem de existir, não pode ser só isso, tudo.

Convida a garota a ir com ele para o hotel onde está hospedado.

Sobem a Augusta no carro de um taxista conhecido da garota. Um esquema de proteção comum com garotas de programa: alguém que saiba onde estão e com quem, caso seja uma arapuca. Mas João não nota que é isso. Acha que é só um amigo da garota.

Ou pelo menos, é assim que conta.

Vão os dois como velhos amigos, como se fossem um caso antigo. A portaria indiferente desse hotel, onde entra e sai quem quer a hora que for, as geladeiras com os congelados que você pode esquentar no forninho micro-ondas que fica ao lado.

"Quer alguma coisa para depois?"

Ele, O Herói Do Micro-Ondas. Mas ela não quer.

Dessa vez é João a tomar o banho primeiro e a se deitar, ele, de costas na cama — está cansado —, enquanto ela toma o banho dela. Quando ela sai do chuveiro, sobe nas costas dele e faz uma massagem. Ele de bruços imagina os peitos dela balançando em cima das costas dele. Imagina com mais força. Funciona mais ou menos. Trepam. João acha que ela não vai cobrar a trepada por causa do presente de aniversário. Mas faz questão de dar o dinheiro.

"Ah, não precisa."

Precisa. Dar o dinheiro é uma última tentativa de recuperar um clima. Ele, o fodão, ela, a buceta paga. Não funciona.

É tudo mais ou menos.

Na rua, desce com ela uns passos, até o taxista que a levará de volta à Kilt. Ela ligou para ele, ainda no quarto, avisando que já ia descer, mas o taxista demora um pouco a aparecer. João e a garota esperam por ele na esquina. Nessa hora, João inventa que o telefone dele parece ter um problema e pede para ela ligar para ele para ver se toca.

Desligou o som.

O que ele quer é guardar o telefone dela nos contatos dele.

Não sabe muito bem para quê.

Mais uma coisa que João não sabe.

Ele fantasia que guarda o telefone da garota da Kilt com a intenção de contratar massagens posteriores. Terapêuticas. A coluna.

João deve ir a São Paulo todos os sábados nas próximas três semanas.

Mente para a garota que é só um teste no telefone porque, para ela também, ele estabelece uma distância, a mesma que mantém com todo mundo. Não diz que quer ligar quando voltar a São Paulo na semana seguinte. Diz que quer ver se o telefone dele está quebrado.

E guarda o número dela.
Mas, ao se despedir, diz:
"Até a próxima."
E que deve voltar a São Paulo algumas vezes ainda naquele mês.

Acho que, na cabeça dele, a garota não é só a tentativa de recuperar algo que acabou, os programas com garotas de programa. Acho que há outra tentativa, e que diz respeito ao filho. O filho. O quase desconhecido. Agora um rapaz, anuncia que quer prestar exames de admissão em faculdades paulistas inclusive. Não só cariocas. Uma iniciação ao assunto que depois será retomado mais diretamente: quer ficar longe dos pais.

Então pode ser que João precise se dizer que está em São Paulo por motivos próprios, não na rabeira da decisão de um filho. Precise negar o afeto que começa enfim a sentir.

"Tenho uma massagista para meu problema nas costas."

"Tenho, eu, meus compromissos, eu, meus horários próprios, posso ou não ter tempo de almoçar com meu filho."

Vejo ele em monólogos interiores.

Ou pode ser algo parecido. Não exatamente isso, mas algo muito antigo, que continua atraindo-o. Cenários sobrepostos.

Não é a primeira vez que João chama uma garota de programa para dormir em um hotel de sua outra vida, a vida onde Lola tem um lugar, ou, melhor, onde ela acha que tem um lugar.

Ao planejar um relacionamento mais a longo prazo com a garota de programa/massagista, João supõe que esse relacionamento se dará a partir do hotel do fim da Paulista, o hotel que então frequenta na cidade. E haveria o prazer de se saber no mesmo quarto, no mesmo hotel, em ambas as suas vidas, a expressão indiferente dos funcionários da portaria como testemunho do seu poder secreto.

Lola sendo vista no próprio episódio que a exclui, Lola sendo mostrada pela ausência, na portaria, ao não estar lá.
Lá, na ausência.

Lá, na presença.
Na viagem da última puta, João já havia se hospedado várias vezes com Lola nesse mesmo hotel, feito várias vezes o check-in ao lado de uma óbvia esposa, se mostrando, portanto, aos funcionários do hotel, como um sujeito banal, medíocre, com uma vida banal e medíocre.
Mas vejam só, senhores da portaria!
João é mais do que isso, ele tem uma puta!! E uma puta massagista!!!
Ele, O Herói Do Hotel Do Fim Da Paulista.
Ele, o que estabelece, com um estalar de dedos, raízes afetivas, rotinas de massagem e de trepada, nas cidades em que vai. Raízes afetivas não com o filho, que poderia vir a morar na cidade. Não com Lola, ainda do seu lado nesse dia, embora como se não estivesse, porque jamais vista, olhada. Raízes afetivas com uma puta. O Herói Das Putas.
E até já vivia a cena possível, não mais como um futuro, mas como um presente.
A seguinte.
"Vou descer um instante, Lola."
E, na rua, o telefonema para a massagista/puta, sua alma gêmea, a amigona de todas as horas, aquela que de fato sabe quem ele é, conhece ele a fundo:
"Alô? Oi!!! Acabo de chegar."
E a resposta, quente, promissora:
"Ooiii, que bom. A que horas vai dar procê vir? Ou você quer que eu vá aí?"

É a última.

Vem por cima de todas as outras. Lola incluída aí. Eu também. Nenhuma de nós de fato com uma existência separada. Só traços sobrepostos, confusos, não claros. Como se estivéssemos, todas nós, num palimpsesto.

Traços que não se apagam, não de todo.

Na semana seguinte a esse encontro, o filho de João decide ir junto a São Paulo.

João não tem oportunidade de chamar a garota.

Depois, há uma coisa ou outra.

Fica com esse número de telefone na memória do celular. De vez em quando abre a tela e olha o número. Até que se faz a pergunta de o que aquele número de telefone está fazendo ali, e até que a imagem de uma puta velhinha, os anos passando, nem mais puta até, começa a incomodá-lo. O hotel da praça Tiradentes outra vez na frente dele.

Apaga.

A data do suposto aniversário da garota, e portanto a data do encontro com ela, João não esquece nem pode.

Sete de setembro.

E não só pelo rufar dos tambores, aliás inexistentes desde o fim da ditadura, os reais, e desde o fim do auge de sua vida na Kilt, os imaginários. A data é inesquecível, então, não por tambores inexistentes, mas por ser o aniversário do Cuíca.

Há aquelas festas, todo ano aquelas festas, Cuíca no piano, três, quatro horas da madrugada, Cuíca no piano da casa dele. Tocando. João sempre o último a sair, quando Cuíca interrompe a música, olha para João e diz, pois é, velho.

"That is it."

E João então se levanta, em geral do chão, e vai para a porta, sem que se digam mais nada.

A mulher do Cuíca expulsa ele de casa um pouco antes de João sair de casa.

João vai para o apart. Cuíca passa a morar no Honda Civic blindado, vidro fumê.

João conta uns detalhes, achando que não sei, mas sei.

João conta, mas não precisava, eu sei.

Cuíca estaciona o Honda no estacionamento P4 do Iate Clube, o mais afastado da portaria. O Iate tem uns cubículos, perto da marina, onde os sócios podem guardar as tralhas dos barcos. Cuíca arruma o lugar. Bota um sofá, aparelho de som, as roupas. Instala ar-refrigerado. É proibido dormir ali, o acesso fica fechado com cadeado, embora uma gorjeta resolva casos esporádicos. Ele toma banho no vestiário do clube. E, de noite, para evitar problemas com a administração, dorme no Honda, os bancos abaixados.

Fica um tempo vivendo assim.

Deixa claro que isso é sensacional. A ideia intrínseca de poder ir a qualquer momento para qualquer lugar, qualquer um dos paraísos disponíveis, logo ali, depois da esquina, depois daquele raio de luz, depois do horizonte. Só ligar o motor e ir.

Eu já sabia de tudo isso.

Outra coisa que eu já sabia é que sorte existe.

João descobre que azar também.

O que João não percebe, ao pôr o telefone da puta-massagista no seu celular, é que, do modo como é feito, ela também fica com o número do celular dele. E aí é uma dessas coincidências.

Cuíca manda uma mensagem para João e para uns outros dizendo que no aniversário não deu, mas que a festa é de lei e convida todos para comerem uma GP.

João responde que os outros ele não sabe, mas que ele, João, festejou condignamente, e comeu uma GP.

"O que é gp?"

Lola pergunta o que é GP, o celular de João na mão.

No bate-boca que se segue, uma Lola como sempre sem levantar a voz mas implacável, seguindo João pelos quartos, corredores e banheiros por onde ele tenta escapar, ela ainda com os saltos altos do trabalho e pegando o celular dele em cima da mesa ao chegar, o barulhinho característico de mensagem chegando. E João lá dentro, sem saber que ela já estava lá, descuidado.

E depois, na frente dela, arrancando o telefone da mão dela, tentando tirar dela o que ele considera só dele:

"Inventei, porra. Inventei porque queria me vangloriar. Não tem putaria nenhuma, Lola."

"Deixa eu ver se tem mais mensagem."

Ele não deixa.

Porque lá, só de curtição, só para João olhar o recadinho, sozinho no banheiro, no escritório de manhã cedo, o recadinho pequeno, cheio de abreviações e sinaizinhos que João não tem a menor ideia do que significam, o recadinho pequeno e não apagado da puta-massagista.

Que ela ficou com saudade nas semanas seguintes ao encontro do dia sete de setembro, e se ele ia mesmo voltar a São Paulo.

Eu conhecia a gíria por causa de Mariana.

gp é garota de programa.

* * *

Barulhinhos, ruídos.
Um recado que chega, uma bobagem dessas. Não era para ser nada. As garotas, um ruído de fundo na vida de João. Ia apagar o recadinho naquele dia mesmo, ou no outro. As garotas, também, apagadas, ou quase. Passadas por cima, outras coisas por cima.
Ruídos de fundo, traços que ficam e que são só isso, traços. Não acho que Lola costumasse espionar o celular de João. Acho que ouviu o barulhinho. Uma coisa de momento. Um impulso, que podia ter acontecido ou não.
O recado que acabava de chegar era uau.
E vários pontos de exclamação.
"Uau!!!!!!"
Aí ela rolou para cima.
Traços que ficam.

Traços que não ficam.
Não é que o escritório tenha passado a ser meu e de João com o tempo, isso nunca. Continuou igual até o fim, nós dois uma colagem, dois bonequinhos recortados de outro lugar e colados num cenário já pronto e que também não devia estar lá. Até eu sumir. Até João sumir, o que não demorou muito. Até a própria editora sumir, vendida, e o imóvel da sede, valioso, também sumir, vendido. O escritório desmontado. Um nada encaixotado, afinal.
Entre João entrar para a editora e a venda passaram-se no máximo uns cinco anos. Ao sair de lá, ele ganhou uma indenização, grande e já prevista em contrato. E uma aposentadoria privada também boa. E só então, com uma folga de dinheiro que

nunca teve, João poderia começar a fazer algo em que ele se sentia perfeitamente bem. Pequenos consertos.

Tem ferramentas especializadas, apropriadas para cada pequeno uso determinado, que guarda no armário embutido do corredor onde, na época em que eu morava no apartamento, não havia nada, na falta de toalhas, copos, lençóis.

É como começa, aliás, a amizade dele com Lurien. João ajuda-o com seu computador fanho e que desmaia sem aviso prévio. Uma ventoinha suja. E João tem a escovinha do exato tamanho. Na casa de Lola é ele quem continua pendurando o varal que caiu, firmando a perna da cadeira que está bamba. Vai a pé, moram tão perto, a bolsa a tiracolo com as coisas. Senta no chão gemendo por causa das costas. Conserta. Nunca fica de todo bom e ele tem de voltar, um parafuso do tamanho oito e ele só tem tamanho sete. Seria um João, esse, quase sem falar, trabalhando sempre sozinho e sem pressa. Seria um João bom, esse. Desde sempre. Seria um João que poderia ter sido um João bom, calmo, uma vida que ele consideraria boa, isso desde sempre. E esse é um dos caminhos que não foram seguidos.

Tanto quanto o que poderia ter sido o meu e de Mariana.

Eu e Mariana também outras, nós duas juntas e criando Gael, e também seríamos um eu e uma Mariana com uma vida também boa.

E Lola poderia ter sido vista por João, em algum momento antes do que eu acho que afinal foi.

E Lurien, o único que seguiu suave o seu difícil caminho.

E mesmo Lorean, quando penso, também teve uma sequência, embora em materializações outras que não a de uma garota da Kilt.

E Cuíca.

Mas nos cruzamos, todos. Numa rua sem movimento de Botafogo, uma rua cuja existência nunca ficou muito bem explicada para mim, porque a Marquês de Olinda, saindo da Bambina e terminando logo ali, na praia, não tem lá muita razão de existir. Risivelmente, o único ponto de atração das redondezas, na época, é um velho manicômio, desativado e transformado em pronto atendimento para doentes mentais, na subida do morro que fecha a Assunção.

E tanto quanto nós todos, esse João bom, o que conserta as coisas, também já era imaginável, lá, no escritório que não era dele. Uma das coisas que não deram certo. E que poderiam ter dado.

Me pergunto se a história de Lola deu certo. Se ela foi a única, além de Lurien, a única de todos nós a poder dizer que viveu uma história que considera boa, uma história legal, desde sempre. Ou, pelo menos, uma história bonita. Ela, a que parecia ter a pior história.

Sim, éramos sete.

Contei.

Sim, numa encruzilhada.

Faço agora o que não fiz na hora, eu e minha aversão a mitos. Eu, que não os entendo. Me obrigo a um respeito.

Saravá, Exu.

Saravá, Ogum.

"Só quem viveu."

Concordo com João todas as vezes em que ele fala a frase.

Se refere à Kilt. Eu também, mas de outro modo. Não ao que ele viveu na Kilt, mas ao que ele não viveu. O que não estava lá. Então, o suspiro incluso na frase é para o que não está lá, para o viver aquilo que não está nunca lá.

Porque tem de compreender que isso que João procurou a

vida toda dele é absurdamente bom. Tem de saber que é assim. Não dá para viver sem o desafio, a liberdade, a risada.

Mas isso não era só ele.

Éramos todos.

Inclusive Lola.

Mas isso ele não sabe. Talvez depois. Depois de terminadas nossas conversas, depois de ele desistir de retomar o relacionamento com Lola do jeito como era antes.

Depois, nos muitos anos que se passaram, ele aqui, nesse edifício onde estou por uma última vez, ele, ali, no apartamento que foi meu. Durante todos esses anos. Ele vendo Lola socialmente. Lola, uma amiga que ele enfim admite que tem.

Talvez. Aos poucos.

Talvez. E terá sido, então, graças a Lurien, o filho de Ogum. Inquebrantável.

João e Lurien.

Acho que isso é sorte. Isso é a sorte de Mariana que ficou para trás, ela já em Petrolina, e a sorte dela ainda por aqui, nessas paredes, na escada, nas risadas que ainda ecoam.

Acho que João deu sorte, embora a frase fique engraçada de ser dita.

Das vezes em que nos encontramos, eu aqui no Rio, eu hóspede de Lurien, das vezes em que nos encontramos, eu e João, pelos corredores desse edifício, no elevador que às vezes esperamos juntos, constrangidos pela proximidade física a fazer eco à proximidade emocional que, se é que teve, não mais era possível. Das vezes que nos encontramos por acaso no hall do elevador ou na portaria, fiquei achando que, sim, ele era outro.

Me olhava direto. Com um afeto quase triste.

Acho que não só a mim.

Lola também.

João e Lola.
O absurdamente bom que foge e está sempre longe, e mais longe, um dia fica igual ao absurdamente bom do dia anterior. A ida e a volta iguais.
Isso João descobre depois de muito tempo, depois de muitas trepadas com muitas garotas de programa. E isso que ele leva tanto tempo para descobrir, Lola sabe desde o começo. Então, não é que ela não pudesse entender João e seus deslumbramentos, suas buscas. Não, isso ela entendia perfeitamente.
Só acha ele meio bobo.
E gosta dele mesmo assim.
Gosta dele de qualquer maneira.
O que inclui muita coisa. E inclui Lurien. Porque Lola deve ter intuído o que precisei presenciar para saber.
Um episódio.

Foi há coisa de uns dois anos.
Estou aqui no edifício passando uns dias, como sempre hóspede nesse quarto de hóspede, Lurien tendo mudado seu quarto, uma vez a obra terminada, para o cômodo de cima, no duplex.
Um pivete. O ladrãozinho de merda, a gilete na mão. Lurien e um talho no braço.
João fica desesperado, exige respeito de todo mundo. Os cabelos vermelhos, a boca borrada, os peitos esquisitos quase saindo do quimono. E a chusma que junta nessa hora. Vizinhos, policiais.
"O senhor é que é o marido dele?"

João só falta morder.

Lurien deve ter chegado da andada que sempre dá de manhã bem cedo.

Antes de o sol ficar cancerígeno, nas palavras dele.

O ladrãozinho de tocaia. Entra com Lurien. Obriga. A gilete. Que, nesse momento, ainda é só uma palavra, sem consistência física.

"Tou com uma gilete aê, tio!"

Lurien finge acreditar. Entram os dois.

No apartamento, eu, hóspede, ainda não estou. Também fui andar. O carinha vai pegando o que encontra. Sobe para ver o que tem lá em cima.

Quando ele sai, já estou de volta. Chego e entro direto no quarto. Não percebo sua presença no andar de cima. Só percebo algo de errado quando escuto o barulho de alguém descendo aos trambolhões pela escada em caracol, a porta que bate na parede ao ser aberta com violência. Em vez de correr atrás de quem sai, subo.

Lurien está no chão do quarto dele, o quimono rasgado, o peito esquisito, com uns cabelinhos renitentes, à mostra. Respira como cachorro, os olhos parados, sua em bicas. Vou correndo chamar João no apartamento que foi o meu, aqui do lado. Ele saberá melhor do que eu o que fazer, quem chamar.

João vem com a bermuda com que dormiu. Sobe a escada em caracol correndo. Eu atrás. Mas Lurien está só com um talho no braço. Não parece fundo. E o pivete acaba não levando nada. Olha a corrente no pescoço de Lurien, as proteções dele, e sai sem levar nada do apartamento.

João pega a toalha do banheiro. Enrola o braço de Lurien. E tenta cobrir o peito dele com a parte rasgada do quimono, ao mesmo tempo que aperta a toalha no braço cortado. Desço, constrangida de estar lá.

"Vou pegar um copo de água."

A voz sai mais alegre do que a circunstância pediria. É que estou contente mesmo. E não só por não ter havido nada de mais grave com Lurien.

Que legal, descubro.

Se é que descubro.

Mas sim, acho que sim.

Lurien pode ter sido um espanto e um conforto para João. Lurien, ao lado de João, na casa de um ou de outro, vendo jogo de futebol, filme, seriado idiota, palavrões, cerveja e a comemoração do gol com Lurien levantando os braços, discreto, o sorriso embaixo da sobrancelha feita. Nenhuma competição. Impossível, a competição. Nenhum exercício possível de poder. E nenhum medo.

"Puta gol, caralho, João, você viu isso?!"

Uma mulher viável afinal.

Uma pessoa viável.

"Foi um michê que roubou ele?"

Claro.

Imagine.

Porque se eu, tempos atrás, só podia ser sapata porque alugo um quarto para uma garota, Lurien só pode ter sido roubado por um michê. Entra ano, sai ano, as certezas continuando iguais. Rótulos.

Quando João me conta suas histórias, no escritório da Marquês de Olinda, tenho cabelo curto, fumo cigarrilhas, uso calças justas e pretas, botas velhas e sujas, e camisas masculinas. E procuro ter a cara mais dura que consigo. João tinha acabado de se separar de Lola, e ele se acha uma vítima do que chama de uma intransigência dela. Também tem mágoa do filho, que mal fala com ele. Ele acha que sua vida é plenamente justificável e eu, ali no escritório, do jeito como aparento ser, tenho tudo para concordar com ele. Quando Lurien é assaltado, o mundo de João não é mais tão justificável. Ou ele descobre que não precisa ser. Que não é preciso justificar nada, muito menos quem ele é ou não é para os outros. Só para ele mesmo. Como Lurien. O que talvez seja até mais difícil.

Olha os que afluem à porta do apartamento, com olhar furioso. A voz sai mansa.

"Está tudo bem, obrigado, tenham um bom dia."

E não acha, com toda a razão, que haja nada para falar com ninguém.

Tem uma coisa que nunca falei com ninguém.

Porque se Lurien foi abordado pelo pivete quando voltava de sua andada, ele não estaria com o quimono. Se estava com o quimono, a que horas e em qual enredo ele trocou a camisa pelo quimono?

Não sei isso, não sei se ele e João tinham uma relação que excluiria esse tipo de trepada ocasional. Mas sei de uma coisa. Se Lurien e o pivete ensaiaram uma trepada, daí a mudança de roupa, ou se não ensaiaram, e Lurien pôs o quimono como um desafio.

"O quimono você não leva."

Tanto faz. Acho que ele e João tinham um entendimento um do outro raro, precioso. Sendo um e outro do jeito que fossem.

Nunca falei disso.
Nem do que acho que sei, nem do que acho que não sei.

Nem poderia. As coisas se precipitaram depois daquele meu encontro com Lola.

A venda do meu apê para João, minha saída da cidade. Mariana, a primeira a sumir. Minha saudade de Gael. Minha absurda saudade de Gael.

E depois, por tantos anos, minhas voltas ao Rio, sempre como hóspede de Lurien. E os encontros com João, tão medidos, a distância entre nós, medida, nos papinhos de pé no hall do elevador, uma cerimônia recém-adquirida e bem-vinda.

"E aí, você está bem?"

"Estou, fiquei bem. E você?"

E a resposta cautelosa, o que será que eu já saberia a respeito dele.

"Estou bem, também."

Um dia arrisco mais uma frase:

"E teus colegas da Xerox, a turma com quem você andava, continua a ver?"

Não. Ninguém. Nem tem interesse. Tem sua rotina de exercícios, às vezes o filho topa e eles jantam todos juntos, ele, Lola, o filho e a namorada do filho. Ele está bem.

"Nem Cuíca?"

Nem. Um dia, já há algum tempo, João vê Cuíca de longe, com uma mocinha bem mais nova do que ele, parecendo ingênua ou inculta, grávida. João acha na hora que Cuíca desvia os olhos, fingindo não vê-lo, como se estivesse envergonhado da mocinha.

Acha que foi isso, mas também não tem interesse maior em averiguar.

E depois de mais um tempo, João torna a encontrá-lo. Não pessoalmente. No Facebook. Uma foto de Cuíca queimado de sol, sunga branca, em uma cadeira de praia. Está morando em Saquarema e diz que tem uma vida ótima.

"Livre, leve e solto."

E convida os panacas que ainda precisam ganhar dinheiro e aguentar família e cidade grande a passar um fim de semana com ele para comer ostras. E os comentários, infindáveis, do post dão às ostras mais de um sentido, ampliando o molusco para qualquer coisa mais ou menos fechada e molhada por dentro.

Algumas coisas não mudam. Cuíca continuava se achando ótimo ou pelo menos precisando que outros homens achassem ele o mais fodão de todos. Continua competindo com homens, com ostras no meio.

Os posts são públicos. Cato e leio, depois.

João critica Cuíca, nós dois de pé no hall, e fico em dúvida se ele fala de Cuíca ou dele mesmo. Ou não sabe de nada do que aconteceu, há tantos anos, no Iate Clube, Lola e suas pernas perfeitas, Lola e sua vitória perfeita. Ou acha que quem não sabe sou eu.

Lola e seu nado perfeito.

Não é que Lola saiba nadar perfeitamente. E isso desde criança.

É bem mais do que isso.

Ela fica bem na água. Tem os movimentos necessariamente elegantes e lentos de quem fica bem dentro de uma coisa densa, de um ar mais denso, ou da água. Lida bem com densidades. Se mexeria maravilhosamente bem na Kilt.

É do tipo que anda devagar, com precisão. Do tipo que, quando mergulha, sempre volta à tona, mesmo que demore. Os gestos são lentos, há um controle exercido sem esforço, e seu riso é de boca fechada.

Porque quando tiram Cuíca de dentro da água, do rasinho, rasinho, onde ondinhas rolavam, mansas, ele, já, na areia, mistu-

rado com a areia, havia água no pulmão. Fizeram aquilo que sempre fazem, de dar socos no peito, um cara apertou o nariz dele e grudou a boca na boca dele.
Fiquei me perguntando se teria sido o primeiro.
Saiu água.
Foi Lurien quem contou. Que saiu água.
Então, ele morreu afogado.
Afogado, e não por causa de algum ataque cardíaco fulminante. Falaram também em AVC. Uma possibilidade. Mas o mais provável é que tenha começado com uma câimbra.
Traçaram considerações.
É o começo da tarde, sol forte, água fria, Cuíca tinha bebido, o almoço ia sair ainda e ele foi então para a água. Se refrescar.
Não sei como foi.

Vi. Mas continuei não sabendo.
Tinha uma competição de surfe no dia. Tinha equipe de TV. Quando Lurien me ligou, você não imagina o que aconteceu, começou perguntando se eu tinha visto. Porque passou no jornal da TV.
Isso depois do puxa, nossa. Um choque real, meu e dele, ele recontando tudo várias vezes, a voz tremendo.
Digo:
"Vou praí."
"Não precisa, tou bem."
Eu precisava mesmo ir, não imediatamente mas precisava. Mais um homem. Nu. Em cima de um papel rough, embaixo de um lápis 6B. Meu lápis 6B sempre maior do que qualquer pau.
Então acabei que vim, mas vim no dia mesmo em que pensava em vir. Não antecipei.

E antes puxei na Globo-TV o filminho da data da reportagem.

E é o seguinte.

São poucos segundos, como sempre na TV.

O mundo acabou (seis segundos). E agora vamos ver como está a situação do trânsito (quatro segundos).

Como sempre, começa com o âncora falando.

E o que ele fala é que um homem se afogou em Saquarema naquele dia à tarde.

Depois o repórter que está no local repete o que acabou de ser dito, na redundância habitual do noticiário televisivo. Um homem se afogou em Saquarema naquele dia à tarde.

Mostram Saquarema.

Mostram o campeonato de surfe ao longe.

Mostram a praia vazia.

Depois vêm os poucos segundos em que Lola fala, de frente para a câmera.

Ela não notou. Estava lá e não notou.

E ela acha que não notou porque nem ocorreu a ela que Carlos Alberto pudesse estar passando mal dentro da água já que ele sabia nadar muito bem e, apesar de não ser mais nenhum menino, ainda pegava surfe todos os dias em frente à casa dele.

E depois o repórter entra, falando da comoção de um afogamento em meio a uma competição internacional de surfe.

Por respeito aos atletas internacionais, a competição não será interrompida. Cara compungida.

E também por respeito ao dinheiro envolvido, patrocinadores e à própria equipe de TV, estacionada lá. Ele não fala.

A próxima notícia alerta sobre o perigo da dengue no verão.

E é isso.

* * *

E é o João.

Pois enquanto Lola fala, de frente para a câmera, há o João, João de perfil, ao lado dela.

João olha para Lola.

Me ocorre que pode ter sido essa a primeira vez em que João olha para Lola. Que de fato olha para ela.

Tem o olho fixo e olha para Lola até ela acabar de falar.

A cara dele é de não acredito.

E aí, por uns poucos segundos, ele olha para a câmera, Lola já em silêncio, o repórter já entrando com a baboseira dele, João olha para a câmera como que perguntando para a câmera se é isso mesmo. Se a câmera escutou o que ele escutou, viu o que ele viu. Quase perguntando a opinião da câmera, querendo que a câmera confirme o que ele viu.

Só que não é a câmera.

A câmera é um vidro transparente. Ele olha para o espectador que está além da câmera, que não está lá.

Para mim. É para mim que ele pergunta, incrédulo, se é isso mesmo.

Porque não sei se Lola algum dia falou de sua trepada cobrada, no cubículo do Iate Clube. Acho que não. Acho que há um gozo muito grande em ela olhar para João, todas as vezes em que olhou para João depois disso, e olhar para ele sabendo que ela trepou com Cuíca cobrando uma exorbitância por um ela--por-cima. Sabendo que ela fez de Cuíca o idiota que ela sempre achou que ele era, obrigando-o, preso que estava na armadilha de sua macheza, do seu desafio de macho, a perder. A pagar. E muito. Por uma merda de uma trepada rápida. E ela olharia para João sabendo disso e sabendo que João não sabia, e os cantos da boca se levantariam um pouco, no sorriso que ela tem e que levei tanto tempo para perceber que é de pura ironia.

Então, não, não acho que tenha contado. Não antes. E acho que nem depois.

Mas tem a ida e tem a volta.
E pode ter sido essa, a volta.
João:
"Que coisa!"
Lola em silêncio.
João:
"Gente, que coisa chocante."
Lola em silêncio.
João:
"Você não ver nada..."
E aqui já há um desvio. Porque então o chocante não é Cuíca ter passado mal dentro da água e morrido, é Lola estar lá, virada para Cuíca, e não ter feito nada. João saberia que ela estava olhando Cuíca entrar no mar. Ele estava logo atrás, pegando duas caipiríssimas, para ele e para Lola, para que sentassem embaixo da barraca de Cuíca e esperassem a esposinha de Cuíca chamar para o almoço.

Moqueca.

Então ele sabe que ela estava olhando diretamente para Cuíca. E o chocante é Lola estar virada diretamente para Cuíca e o quê? Não ter visto?

Morre-se lentamente no mar.

Não é só que se vive lentamente, com gestos lentos, no mar. A morte também é lenta. Os movimentos, até que a pessoa saca que não vai ter jeito e se larga. Os olhos abertos, espantados que tenha sido assim. A areia entrando e não mais tendo importância que entre.

E então João e Lola voltam a volta inteira de Saquarema em silêncio.

Porque não foi assim.
Lola não diz:
"Estive com Cuíca no Iate. Naquele dia da comemoração em que levei a tua amiguinha."
João se virando para ela, surpreso.
"Ah, é?"
"Imagine, ele pagou mais de..."
(E diz uma enormidade de dinheiro.)
"Isso naquela época, hein, e por uma trepada em que montei em cima dele e nem sequer tirei a roupa toda, apenas a calcinha e levantei a saia."
E Lola teria rido, com gosto, rido mesmo, olhando pela janela.

Rido de chorar de tanto rir.

Como ria, quando passava pelo bar de beira de estrada em Itaipava, o bar em que João, um dia, sem Lola no carro, pegou uma garota e levou para a chácara deles, onde Lola também não estava, e depois, por causa da presença de um caseiro intrusivo, precisou sair da chácara e ir para um hotel imundo das redondezas.

E esse bar era o bar por onde João passava sempre, de carro com Lola e o filho, todas as vezes, todinhas, em que ainda foram àquela chácara. Até vender.

Morena, a garota.

Uma das muitas. Mais uma. Infindáveis.

Só que agora Lola riria mais, muito mais do que ria antes.

Quando ria contente, indo para um fim de semana na chácara, olhando o bar sem saber o que olhava.
Não chegou a falar.
Acho.

Não chegaram a almoçar, acho.
A moqueca lá, intocada.
Na frente da casa, a ambulância do Samu, o cabo De Brito com sua prancheta, sua caneta e os dados a preencher no próprio local da ocorrência.
É a palavra usada, ocorrência.
E mais os contatos pessoais de João e Lola para depoimento posterior, na delegacia. Uma coisa pro forma, se apressa a avisar o De Brito.
Cabo da Polícia Militar, função socorrista.
"Tem de ser feito porque é morte em lugar público."
E ele sorri do jeito que lhe ensinaram a fazer nessas ocasiões, educado.
Na varanda da casa, a viúva assustada, como um bicho do mato, o que quase é, olha tudo em volta, rápida, rapina. O nenê no berço, ela pegando o nenê no berço, seu álibi e sua garantia. Metade de tudo passa a ser dela. Estava feita na vida.
João e Lola saem esquecendo de se despedir dela.

Os dois.
Um gerúndio que afinal termina.
Não continuam a viagem até São Paulo.
João já não passando muito bem, acha que é porque está de estômago vazio.
Lola ainda está rindo. Mas rindo por dentro. Só olhando por

muito tempo para a cara dela daria para notar que ela ri, e João não olha.

Lola diz:

"Vamos parar para comer. É fome, isso. Está ficando tarde."

E João dizendo que não quer, mas Lola dizendo que quer.

E param. Shopping São Gonçalo. Um a quilo.

E comem. E não é uma comida boa e João acha que está com o estômago ruim, uma queimação que se amplia pelo peito, por causa de uma má digestão. Nem tão geral, a má digestão, nem tão de digerir mal uma vida inteira. Só mesmo a do dia. Ele acha que está digerindo mal o ácido gástrico de sua fome e a comida que arranjou para sua fome. Não está mesmo bem.

Então é Lola quem dirige nessa parte final da viagem. Curta. Não é longe. Em que pese o congestionamento de sempre, perto da ponte.

Itaboraí. O congestionamento em Itaboraí.

Junta tudo, no congestionamento de Itaboraí. Eles lá parados, e com eles no carro, empilhados, a Niterói-Manilha inteira, da ida e da volta, o pedágio caro, a entrada/saída para a estradinha de Saquarema grudada no pedágio. Ruim, a estradinha, com suas lombadas, buracos. Os anúncios de linguiça no pão, feijoada na lenha, hambúrguer de picanha, o apelo ao campo semântico do não urbano, da fartura do não urbano. E mais Bacaxá, um bairro cheio de gente, sem lugar para passar, congestionado, que é o centrinho de Saquarema.

A aspereza do vento quente e salgado da praia, os cactos, as dunas, as pedras.

A doçura.

Quando chegam, carro na garagem, João indo para a casa

dele a pé, Lola já está achando que ele não está de fato bem e diz que vai junto até o apartamento dele. Três quarteirões.

"Não precisa."

Ela insiste.

E quando chega, João se larga no sofá. Mas diz que não está bem e que vai deitar um pouco. E Lola fica sozinha na sala, sentada. João no quarto ao lado, o de baixo, deitado. Ele não transportou, como Lurien, seu quarto de dormir para o andar de cima. No andar de cima fez uma pequena oficina.

Lola fica lá, pensando, sozinha. E ela está um pouco triste porque risadas, principalmente as internas, quando acabam, é assim mesmo. Fica, na ausência delas, a tristeza que estava lá desde sempre.

Aí João chama por ela, a voz alterada e ela vai correndo, e ele está de fato mal, e ela começa a ligar, mas descobre que não tem para quem. E pergunta:

"Qual é o telefone do teu médico?"

Mas ele não está podendo falar.

E Lola tenta se lembrar de como é mesmo que se chama ambulância, mas não lembra. Até que lembra. Um, nove, dois. E depois o telefonema para o filho. Interurbano. Ela aos berros no telefone. Histérica, já.

Lurien, na área de serviço, escuta. Hesita.

Afinal, Lola é a mulher de João. Não fica nem bem.

Mas escuta.

E aí decide.

Sai correndo. Entra pela porta que Lola nem fechou à chave ao chegar, achando que não ia demorar, e entra como um furacão e olha para Lola que está agora de pé na sala e corre para o quarto. Lola atrás.

"Ele não está bem, Lurien."

E agora, sim, ela está quase chorando. Não era isso. Não era para acontecer isso. Não era isso que ela queria, de jeito algum.

E entra no quarto atrás de Lurien a tempo de ver ele abrindo uma gaveta e tirar um remédio que ela jamais saberia que estava lá mas que Lurien sabe. E que, a mão tremendo, Lurien tira do redondinho de papel metalizado em que cada pílula dessas fica, lá, deitada, esperando.

Tira e enfia, a mão tremendo, na boca de João.

João olha para ele.

Olha muito para ele, a respiração ofegante, o suor frio que desce aos rios pelo corpo dele todo, testa, braços.

João olha para Lurien.

E cospe a pílula.

Lurien diz, não, não! E torna a botar a pílula dentro da boca de João que agora, o que é aquilo?, é um quase sorriso que ele dá para Lurien, a expressão subitamente muito doce.

E torna a cuspir a pílula.

A pílula fica meio desmanchada no canto da boca de João. Nem é mais pílula, é uma saliva mais esbranquiçada, só. E Lurien está chorando como há muito, muito tempo não chorava. E abraça João, abraça forte João.

E agora já estão batendo na porta.

"Com licença?"

Um outro cabo que não se chama De Brito mas que é igualzinho.

"O senhor se afaste, por favor."

Mas quando Lurien afinal se afasta, João não está mais olhando para ele nem para nada.

E Lola está chorando como há muito, muito tempo não chorava.

E é isso.

***

E a ida pode ter sido qualquer coisa.

Vão para São Paulo para ajudar o filho no contrato de aluguel. Passou na USP. Não precisam ir, mas não têm nada para fazer. E João diz:

"Topa ir de carro?"

E que eles iriam pelo litoral, diz ele, assim davam uma passada na casa do Cuíca que ele não vê faz tempo. E explica que ele acha que o Cuíca anda se sentindo meio sozinho lá longe naquele praião, e que ele sabe que Lola não gosta muito dele mas seria só uma passada. Almoçariam juntos e depois seguiriam.

Para João, as coisas passadas são isso mesmo, coisas passadas. Ele fala com cautela porque sabe que desde a mensagem descoberta no celular, pivô da separação, Cuíca é assunto sensível entre eles.

Acha que é só isso, um assunto sensível.

Mas Lola topa.

Um teste. Fazem testes, os dois. Testes com eles mesmos.

Lola quer saber como seria um encontro. Cuíca não a reconheceria, mais uma vez. Essa é a aposta dela.

Ou foi qualquer outra coisa.

Lola, ao sair de casa com João para a viagem, não sabe que ele pretende dar uma parada na casa do Cuíca. Ele lança a ideia depois que saem do Rio.

"Se você não quiser, tudo bem."

João sabe que o recadinho no celular, motivo da separação, é um assunto sensível. Mas Lola topa.

"Tanto faz."

Lola vai. Não gosta de fios soltos de cabelo. De nenhum fio solto. Vai visitar Cuíca na ida para São Paulo para atar um nó.

Dar dois beijinhos e, ela também, deixar tudo para trás. Definir o que já sabe. Aquilo no Iate Clube foi uma loucura e ela vai rir por dentro de ter trepado com aquele cara.

Não vai rir.

Isso é mentira. Sim, mais uma.

Lola sabe que é. O teste não é esse. Ou só esse. O teste é o da dor.

Lola topa porque quer ver se ainda dói não existir. Conheceu Cuíca e os outros em alguma festa da Xerox, e ninguém guarda a cara dela. Trepou com Cuíea no Iate Clube, e o mais provável, ela acha, é que ele continue não guardando a cara dela.

Uma trepada. Um acontecimento considerado não pessoal.

Vai para testar Cuíca. Dizer bom-dia e ele responder bom-dia com um sorriso afável sem lembrar de quem nunca existiu. Esse é o primeiro teste.

E há o segundo. O dela com ela mesma.

Vai para ver se ainda dói. Vai para enfrentar que de fato nunca existiu. Não existiu para João, da mesma forma que não existiu para esse outro João mais bem-sucedido na vida (na opinião do próprio João), o colega dele de trabalho que trata as mulheres dos amigos com igual cegueira educada, e que é o Cuíca.

Vai para ver se reviver o não viver ainda dói.

Vão, então.

E chegam na casa.

O endereço anotado por João no papelzinho. Mais um. A

vaga para o carro numa duna em frente. Entram na casa gritando desde o portão um ó de casa de imitação, de quem chega em casa do interior, sem campainha, sem tranca na porta. E de fato não tem campainha nem tranca na porta. A esposinha vem lá de dentro, enxugando as mãos num pano de prato, ooiii. E a preocupação falsa e já esperada: se eles chegaram bem.

E muito prazer.

Shirleine. Débora. Conceição, mas me chamam de Ciça.

E que Cuíca está lá na areia. Por que eles não vão até lá? O almoço sai em um instantinho.

"Querem refrescar a cara primeiro?"

No convite bem-educado e falso e que substitui a pergunta se eles querem dar uma passada pelo banheiro primeiro.

Aí vão.

E chegam na areia.

Batidas fortes nas costas um do outro, murros de brincadeira na barriga um do outro.

"Mas quanto chope, hein?"

E mais murros, mais tapas.

"Você lembra da Lola?"

E Cuíca arma a cara-padrão de cumprimento de mulher de amigo. Que consiste em um sorriso e em olhos que mal se fixam.

"Olá."

E já estica a cara para os dois beijinhos que se dá em mulher de amigo, os beijinhos no ar, perto da bochecha, que se dá em mulher que não se vai comer.

Nem para para olhar.

Até que para. Primeiro aquela nuvem no olho. Um esforço para lembrar de alguma coisa, o que seria? Uma leve sensação de já ter visto ela antes. Não em jantar da firma, reunião de fim de ano da firma. Não, alguma coisa mais concreta.

Não lembra.

Até que Lola:
"E aí, continua sócio do Iate?"
O que pode ser entendido, e o foi, por João, apenas como um começo um pouco estapafúrdio de uma conversinha amena. Mas Cuíca congela o sorrisinho. O olho agora fixo nela.
O que pode ser entendido, e o foi, por João, apenas como uma reação perfeitamente normal de quem vê exposta uma fase difícil de sua vida particular por causa de uma indiscrição dele, João.
João fica se sentindo pouco à vontade. Fala que vai pegar umas caipiríssimas para ele e Lola. Se Cuíca também quer.
Ele balança a cabeça quase imperceptivelmente, ou João acha que viu ele balançar a cabeça. O copo na mão, esse ele não balança, já há uma caipiríssima e ela, a segunda?, a terceira?, está cheia e seria mesmo difícil balançar uma caipiríssima cheia.
João fuzila Lola com o olhar e vai.
Lola olha para Cuíca.
Sorri angelical.
Cuíca agora está coberto de suor.
Lola aponta para o mar:
"Você não quer dar um mergulho? Está todo suado. Dá aqui o copo, seguro pra você."
Quase arranca o copo da mão dele. Ele ainda fica uns instantes.
"João daqui mais um pouco vai estar de volta. Vai."
Cuíca obedece. Vira de costas. Vai. Trôpego. Nenhuma possibilidade de linha reta, aqui.
Os surfistas ao longe são uma meta que ele almeja todos os dias, mas não hoje. Hoje, se conseguir sentar dentro da água de frente para o infinito do horizonte, para a juventude infinita dos surfistas que se substituem a cada dia por outros e mais outros sempre jovens, já estará mais que bom.

Lola às suas costas.

Lola cruza as pernas.
Lola às suas costas, olhando para Cuíca, senta na cadeira em que ele estava sentado, a caipiríssima dele na mão.
E cruza as pernas.
Cuíca, trôpego, quase chegando no mar, de costas para ela, tem certeza de que Lola cruzou as pernas, sentada na cadeira dele.
Ela chupa a caipiríssima dele pelo canudinho.
Faz um chulurp.
Sai meio alto.

Cuíca tem o pé já dentro da água.
Não se vira para averiguar, confirmar. Não precisa. Ele sabe.
E aí sente a câimbra na coxa.
E na outra coxa.
Aí se vira.
Lola está de fato sentada na cadeira dele, com as pernas perfeitamente cruzadas. E é logo ali, nem é tão longe, e Lola está olhando para ele.
Ela está olhando para ele e sorrindo. E continua olhando para ele.
Ele está dobrado de dor, levando o primeiro caldo da primeira ondinha. O segundo. Bebe mais água. Grita, mas tem muitos gritos, o campeonato de surfe acontece a poucos metros. Cuíca agarra as duas coxas com os braços. Uma dor muito forte. Ele tem de fazer uma massagem. Sabe disso. Tenta, desesperado. Vem a terceira ondinha. Ele fica um tempão embaixo da água.

Não tem mais certeza de onde fica a superfície. Quando sobe, afinal, não tem certeza de ver Lola. Mas acha que sim.
Mas já tanto faz.

Ou Lola não precisou falar nada.
Bastou olhar para Cuíca e sorrir.
"Tudo bem com você?"
Que é uma frase que se pode dizer para qualquer um, tenha ou não visto a pessoa há pouco tempo.
Tenha ou não trepado com ela.
Mas não acho que Cuíca fosse reconhecer Lola sem uma ajudinha do tipo menção ao Iate Clube.
Acho que não.
E também não acho que Lola tenha programado isso tudo. Não acredito de jeito nenhum. Nem um segundo antes ela sabia o que faria no segundo seguinte. Foi ficando, só. Foi fazendo. Ou não fazendo. Pode ser que tenha dito bem alto, em algum momento, bem alto mas sem som algum, enquanto olhava Cuíca morrer na sua frente:
"Nunca existi, certo? Pois vou continuar aqui, não existindo."
Ou pode ter de fato dito isso bem alto. Para ela mesma escutar. E rir.
Ela e mais ninguém. A praia quase vazia.

Ou nem isso. Não é uma vingança. Não é nem isso.
Lola só olha Cuíca morrer e não vai até ele porque não quer. Não tem vontade.
Ela gosta dela mesma. Se pergunta:
"Lolinha querida, você quer levantar da cadeira, largar a

caipiríssima e ir correndo e aos berros até o mar onde irá se molhar toda, se sujar toda, para tirar o Cuíca de dentro da água?"
E a resposta é não.
Lola não faz nada de mais. Só não tem vontade de ir, tem vontade de ficar. Como João, que fez o que quis a vida dele inteira. E Cuíca. Não há nada naquilo. Não há nada por trás da decisão dela.
É apenas ela fazendo o que quer.
E que é continuar sentada, chupando com o canudinho a caipiríssima do Cuíca.

E João chega com os dois copos altos, porque ele pede caipiríssima dupla, sempre.
"Em copo alto, por favor."
Sem coar, por favor.
"Com adoçante, não açúcar."
Então demora.
Mas chega.
E ele chega olhando para Lola e olhando rápido, sem prestar atenção. E olha em direção ao mar, que é para onde ela também está olhando. E João supõe, e supõe certo, que Cuíca está no mar.
Olha, mas não vê.
Enquanto isso, Lola põe o copo de Cuíca na areia e pega seu próprio copo. Dá mais uma chupadinha no canudo.
"Hum, bem bom."
João mexe a caipiríssima dele com o canudo e vai dar uma chupadinha também, mas para.
Cuíca de fato não está à vista em lugar algum.
"Cuíca já entrou na casa?"
"Não, está dando um mergulho."

E João fica vendo o mar. E vê como se fosse um embrulho, um saco que uma ondinha levanta da areia e então ele primeiro para. Aí larga o copo. Larga assim no ar e o copo cai na areia e João vai correndo e Cuíca está lá, já mortão, rolando na ondinha.

O nome do lugar em que João pede as duas caipiríssimas é Saqua Sucos.

Vou ver isso no segmento gravado pela Globo-TV.

Guardei o nome.

Brega a mais não poder. No vídeo não aparece, mas deve ter até tapetinho escrito Bem-Vindo.

Não tem mais muita gente na praia nessa hora. Os surfistas estão, ao longe, em seu papel de surfistas, que é o de fingir que cavalgam, intrépidos, o mar, as corcovas bravias do mar mas que nem sempre existem, essas corcovas, e eles ficam um tempão lá, as pernas abertas de cada lado da prancha, subindo e descendo embalos, esperando corcovas, talvez na próxima. Ou na próxima ainda.

E aí João e Lola voltam para o Rio, para Botafogo, para a Assunção. E é o mesmo carro. João e Lola também são os mesmos. Mas não há mais uma imagem que possa ser feita, deles, por eles. Que sirva. E eles então se veem.

A imagem da TV.

Tem os surfistas.

No segmento da Globo-TV que mostra o afogamento, o mar de Saquarema está ao fundo, os surfistas todos lá, com uma camiseta amarela e um número de identificação.

Os surfistas estão de costas para a areia, olhando o horizonte.

As pranchas ficam submersas, por causa do peso deles, e eles aparecem eretos, então, ou pelo menos metade deles, da cintura para cima, de costas, a camiseta amarela e o número voltado para quem os vê. Só eles. As pranchas não ficam visíveis da areia. E eles parecem então uns cocozinhos que flutuam no mar que está calmo nesse dia.

E enquanto Lola fala com o repórter, se escuta ao fundo a voz do locutor da competição não interrompida, dizendo que o número nove vai descer. E o surfista número nove fica de pé, de fato, na prancha, um gesto de quem conquista alguma coisa, as pernas ligeiramente abertas, o peito estufado, descendo uma ondinha de merda, o mar está calmo.

E também há uns apitos ao fundo, que é o juiz avisando que um deles está muito perto das pedras e precisa se afastar.

E tudo isso não para, enquanto Lola fala e João olha, os olhos esbugalhados, para ela. Depois a câmera pega outro ângulo, o das casas, dos carros, o nome do bar onde João compra a caipiríssima: o Saqua Sucos.

E aparece também a pedra feita de cimento, uma imitação de pedra, ao lado de onde Lola e João estão, cheia de cactos secos, tudo seco, árido, com o vento soprando sem parar vindo dos lados de uma igrejinha que fica na colina. E, na pedra falsa, feita de cimento imitando pedra, o cartaz ridículo avisando que é proibido som automotivo, que é proibido veículos motorizados na areia e que é proibido animais domésticos na areia. Assim mesmo, sem singular ou plural.

E é isso que fica aparecendo, ao fundo, enquanto Lola fala.

Eu, muda.

Tenho a mochila pronta e fechada aqui do meu lado há várias horas. Desde ontem, na verdade.

Tenho também as ordens de Lurien. Saio e bato a porta, a chave que ele sempre me dá para usar, fica na mesa.

É a última vez que venho.

Lurien foi para Olaria de tarde, já levando algumas coisas. Vai passar a noite lá pela primeira vez. E disse que eu ficasse pelo tempo que quisesse.

Então fiquei.

Uma fantasia idiota de que Lola iria vir. Resolver alguma coisa no apartamento de João, agora vazio.

Não tenho nenhum motivo para achar que ela viria.

Só minha vontade de que viesse.

Pegar contas para pagar. Deixar uma chave para os corretores.

Então espero por uma noite inteira.

E é também porque sei que não vou voltar.

Lurien vai para Olaria. Foi e vai. De vez.

João deixou a casa dos pais para Lurien, em testamento. Lola já sabia do testamento. Foi feito há um tempo. Nem ela nem o filho contestaram. Eu só soube quando cheguei aqui. Achei bonito. Uma outra Olaria. Um outro João, com outros traços, mais morenos, feitos por cima do primeiro João, aquele nervoso, em um escritório que escurecia, a camisa branca.

Vejo Lurien perfeitamente bem em Olaria.

Está de kaftan, que é o que substitui o quimono japonês, o legítimo, e rasgado. Está descalço e com uma vassoura na mão. Varre os degrauzinhos de entrada de uma casa velha mas bem conservada. Cuida das plantas.

"Mas você não vai ficar muito sozinho?"

Não vai. Em Olaria fica o terreiro de umbanda que ele frequenta.

Vai ficar bem.

Vai ficar muito bem.

Vai para uma vida que parece ser a sua desde sempre.

"Muito prazer, sou seu novo vizinho."

Ou:

"Muito prazer, sou sua nova vizinha."
Qual dos dois, uma decisão de Lurien. E seja qual for, é a que valerá.

E eu, num diálogo.
Estou aqui com tudo pronto.
Se tivesse sido, seria assim.
Ouço um barulho na porta do apartamento ao lado. O que foi meu. Abro a porta do apartamento de Lurien. Lola olha para mim, eu para ela.
"Oi."
"Oi."
Digo que sinto muito, pelo João. Ela fala que ela também. Ficamos nós duas lá, ela sorrindo para mim. Depois pergunta o que ando fazendo. Digo dos desenhos de homens nus. Que, inclusive, vim para o Rio para fazer um, encomenda de um dos amigos de Lurien e que já tem previsão de entrar na minha próxima exposição.
Galeria Vermelho.
Não posso fazer nada. É o nome da galeria. É a cor da Kilt também. Camadas, aqui também.
Lola pergunta mais. Explico o que dá para explicar.

Explico para mim mesma.
E tantas vezes.
Desenho-os, e é esse o momento importante. O importante é o momento do próprio desenho. Faço os homens através de um espelho, sempre. Ou seja, fico eu e o cara, ao lado um do outro. E o vejo através de um espelho colocado na nossa frente. Então o homem que está sendo desenhado se vê traduzido pelo meu

traço na hora mesma em que o traduzo com o meu traço. E eu já o vejo, desde o início, como uma representação dele, e o contrário dele mesmo, é um espelho.

Se faço bem, ele se entende melhor, entende melhor as coisas, o mundo. Ou pelo menos se entende diferente, depois de viver a experiência de se ver desenhado. E eu também.

Aí o que resta é um pedaço de papel, nunca muito grande. Os desenhos são no tamanho A3. Cabem na parte de dentro de uma porta de armário. Talvez outra pessoa, olhando aquilo, perceba um rastro do que foi vivido durante o acontecimento do desenho. Um rastro, um vestígio. E só. O vivido ficando para trás, mas reaparecendo, como tinta que reaparece quando outra é posta por cima sem o selante, transpirando por cima da que lhe é posta em cima, sempre e sempre. Mas aparecendo como vestígio.

Se faço bem, isso acontece independente do tempo, e de quantas vezes, embora a cada vez seja diferente, diferente para cada pessoa que olha.

Porque começo desenhando os homens e no início obedeço os homens, aqui uma curva, aqui o peso de uma sombra. Depois o lápis se solta e o cinza tão lindo do 6B se solta e segue. E faz cinzas mais fortes que somem na névoa do papel rough e o lápis vai e vai e vai. E os homens olham aquilo e entendem que é isso, eles, eu. Uma falta de controle. Um não controle.

E outra vez as palavras que não servem.

Porque não se trata de definir o que não tem controle, através da palavra controle, como uma ausência. Não, é outra coisa. É uma ausência que existe. Um silêncio que existe.

Embora não dure.

Lola balançaria a cabeça. Ri.

Também rio.

Então rimos, nós duas.

* * *

Rimos.

Eu com a mochila na mão, ela com a bolsa fina na mão, de pé no corredor modesto do edifício, o corredor quase escuro do edifício, a gente ri olhando uma para a outra, e a gente ao rir, quase chora. Ela aperta meu braço, diz até logo. Digo até logo, e nos abraçamos, tímidas. Balançamos mais a cabeça. Como que concordando que tem dessas coisas, sabe.

Sigo para a escada.

Depois vou chegar na rua, sem saber para onde ir, como sempre na minha vida, só indo, reto (mais ou menos reto) em frente, até me encontrar e poder seguir uma direção qualquer. No caso, rodoviária. Na primeira lixeira, jogarei os desenhos em ecoline da reforma da livraria.

E vou em frente. E vou ter, na cabeça, a foto de celular que não tirei com o celular que não existiu.

Lola não perguntaria da foto.

Ela sabe que não é importante, a existência física da foto.

De qualquer modo, digo.

"Não tenho mais."

E não tenho porque não teria. E não teria de qualquer maneira, porque meio que gosto de fazer e refazer traços.

Mas mesmo se tivesse.

Ela, a foto, lá, no celular. E eu na chuva, embaixo do telhadinho do Iate Clube, eu lá rindo sozinha embaixo do telhadinho e dizendo para mim mesma:

"Cara, não acredito!"

O cara da roleta do clube achando que falo com ele e vai ver falo.

É nessa hora que eu olharia a foto.

Ela está tremida. Então deleto.

Apago.

Sabendo que nunca apaga.

1ª EDIÇÃO [2016] 4 reimpressões

ESTA OBRA FOI COMPOSTA EM ELECTRA PELO ESTÚDIO O.L.M./ FLAVIO PERALTA
E IMPRESSA EM OFSETE PELA GRÁFICA SANTA MARTA SOBRE PAPEL PÓLEN
NATURAL DA SUZANO S.A. PARA A EDITORA SCHWARCZ EM ABRIL DE 2023

A marca FSC® é a garantia de que a madeira utilizada na fabricação do papel deste livro provém de florestas que foram gerenciadas de maneira ambientalmente correta, socialmente justa e economicamente viável, além de outras fontes de origem controlada.